Für alle verlorenen Träume: Es besteht Hoffnung!

Für meine geflohene Stofftierrobbe:
Du warst niemals nur Zeug' für mich.

Für Hendrik

Selina Haritz

# Traumdealer am Abstellgleis

Edition Roter Drache

**1. Auflage Oktober 2016**


Edition Roter Drache, Holger Kliemannel, Haufeld 1, 07407 Remda-Teichel
edition@roterdrache.org; www.roterdrache.org
Buch- und Umschlaggestaltung: Edition Roter Drache
Titelbild: Erneste Spoerr
Alle Bilder stammen von Johanna Tsukalidis-Naujoks
Lektorart: Anne-Cathrin Rost
Gesamtherstellung: BooksPress



ISBN 978-3-946425-12-0

# VORWORT

Ich habe dem Plüsch ins Auge geblickt.

Bin mehr knietief zwischen Polyester und Holzwolle durch die Hölle des Füllmaterials gewatet, um zu verstehen, was die unverstandenen Plüschtiere dieser Welt bewegt. Jene tragischen, quengelnden Kindern gekauften, auf dem Rummel gewonnenen und ihr Dasein zwischen Regal und Vergessen fristenden Kreaturen, denen unsereins anmaßenderweise nur selten ein eigenes Leben, geschweige denn Denken, zubilligt.

Wobei es durchaus Versuche gab, den Menschen die Wahrheit zu bringen. Propheten des Plüschs, deren Worte ungehört verklangen. Ich erinnere mich an Clifford Chases *Winkie*, einen Teddybär, vom FBI angeschossen und von der Öffentlichkeit als Terrorist verurteilt, der sein Leben in die eigene Hand nehmen wollte. An *Ted*, jenen renitent vulgären Bär, der sich mit Hilfe von Mark Wahlberg und zweierlei Filmen in die Herzen der Menschen grantelte. Und natürlich an *Plüsch, Power und Plunder*, ein bizarres Rollenspiel, in dessen Rahmen der Spieler die Rolle belebter Kuscheltiere übernehmen und die Wirren des Spielzeuglebens am eigenen Leib erfahren konnte. Ganz zu schweigen von *Die dunkle Seite des Plüsch*, einer Kurzgeschichte, mit der ich selbst mich bemühte die Untiefen der Kuscheltieristik auszuloten. Im Lauf der Zeit hat es also einige Versuche gegeben, den Menschen die Augen zu öffnen. Wann immer mir aber danach zumute war, von den Weisheiten Nietzsches und Schopenhauers begleitet und um der Liebe Willen mit ein paar drogenabhängigen Plüschtieren in ein Abenteuer zu ziehen, gab es nichts. Rein gar nichts. Ich bin Selina Haritz dankbar. Dafür, dass ich all das nun mit Regen, Panther und dem Braunen endlich nachholen darf. Dafür, dass ich es in einer Welt tun darf, die neben der obskuren Poesie des Plüsch ein paar Wahrheiten und Sichtweisen über unsere eigene Welt bereit hält. Dankbar für ebenso skurrile wie glaubhafte Charaktere, die Erinnerung daran, dass man für seine Träume manchmal etwas tun muss und natürlich für den ersten drogendealenden Dalmatiner meines Lebens. Oh ja, ich bin dankbar.

Und ihr solltet es auch sein.

*Christian von Aster*, 18.09.2016

# KAPITEL EINS

*»Die Hoffnung ist der Regenbogen über den herabstürzenden jähen Bach des Lebens.«* (Nietzsche)

Ich war auf meinen Fellzustand nicht stolz. Alleine der Anblick deprimierte mich. Mein innerer Regenbogen bestand neben deprimierendem und tristem Grau, dem Grau toter Tauben, auch aus dem Schwarz verlorener Stunden und zerplatzter Träume. Mein äußeres Regenbogenfell bestand aus matschigem Rot, verrußtem Gelb, wurmstichigem Grün, teerverklebtem Blau und seltsam psychedelischem Violett.

Und zu allem Überfluss klebte es jetzt. Halbgeschmolzene Schokolade, die ich, bei jedem Versuch sie wegzubekommen, noch tiefer in mein Fell rieb. Schokolade gehörte in den Magen und nirgendwo sonst hin. Sie sorgte dafür, dass aus nichtssagenden nebligen Träumen Träume erster Güte wurden. Solche, zu denen sich eine Realitätsflucht noch lohnte. Und jetzt klebte sie in meinem Fell und ließ sich nicht einmal vernünftig abschlecken. Doch was war verblasste Eitelkeit gegen den Lohn der Anerkennung? Ich würde mit reicher Beute heimkehren, wenn ich diese verdammte Tüte endlich aus ihrer misslichen Lage befreien konnte.

Also zerrte ich mit einer verklebten Pfote weiter an dem Zellophan. Der Schatz hatte sich zwischen einer angerosteten Schraube und den Schienen verklemmt. Ich nahm meine zweite Pfote zur Hilfe, stemmte die Hinterpfoten in das Gleisbett und zog. Die spitzen Steine bohrten sich schmerzhaft in meine Sohlen. Es hatte keinen Zweck. Ich ließ los, als mich der Duft von Schokolade wieder umfing. Es war so verlockend.

Ein letztes Mal versuchte ich es. Presste meine ganze verbliebene Bärenstärke gegen das unvermeidliche Schicksal. Der elende Beutel riss. Schokoladeneier flogen mir um die Ohren, glitzerndes Papier verteilte sich zwischen den Steinen. Jetzt hatte ich erst recht keine Zeit mehr, alles in Sicherheit zu bringen. Bald würde die nächste U-Bahn darüber hinweg rasen und die Tüte mitsamt Inhalt in die dunklen Tunnel schleifen. Ich griff nach ein paar größeren Stücken. Doch etwas bewegte sich plötzlich in den Resten der Tüte und ich stolperte zurück; hielt meine Arme schützend vor mich. Mein erster Gedanke war: Ratten! Wie waren sie so schnell hergekommen? Ich brauchte zwei, drei panische Atemzüge, um zu registrieren, dass es wohl doch keine Ratte war. Ich wäre sonst längst Opfer der scharfen Krallen geworden und hätte ihre Zähne in meinen Hauptfäden wiedergefunden. Sie hätten *meine* Füllung über die Gleise verstreut, mich mit Spott überzogen und anschließend meine traurigen Fellreste in ihr Nest gezerrt.

Ein Stück braunes Fell grub sich nun aus dem Ostergras heraus. Kleine hellbraune Pfoten, wie Cappuccinoschaum mit einem Schuss Karamell. Die Gleise vibrierten. Ehe ich mich versah, fassten meine Pfoten nach dem weichen Fell. Ich zog, während sich die U-Bahn durch lauter werdendes

Surren ankündigte. Wenn ich mich jetzt beeilte, würde ich eine Wochenration Schokolade zusammenraffen können. Ich ließ nicht los, denn ich sah bereits das Licht im Tunnel. Eine ganze Wochenration! Wenn nicht sogar mehr. Der Griff um meine Pfote verfestigte sich. Samtweich. Sieben Tage ohne Sorgen. Anerkennung von meinen Kollegen.

Der Wind, als Vorbote der Ereignisse, brauste auf. Ein Knäuel aus Fell und Verpackungsgrün stolperte aus der Tüte und wir rollten den kleinen Steinhang hinab. Die U-Bahn raste vorüber. Majestätisch blau, Lichter schimmerten zu uns herunter. Ostereier flogen zur Seite, nach oben, wurden von den Waggons in alle vier Himmelsrichtungen geschleudert. Es tat mir im Herzen weh. Nun würden sie als Rattenfutter enden.

Ich drückte mich an die Wand des U-Bahnschachtes. Der durch den Zug verursachte scharfe Wind fuhr mir durch die kurzen Haare. Meine Augen tränten, als die U-Bahn endlich vorüber war. Jetzt wurde mir bewusst, dass meine Pfoten noch immer krampfhaft jemanden festhielten. *Weicher Flaum.* Ein wenig fürchtete ich mich davor, hinzusehen und ein Teil meines Geistes wollte einfach, dass ich losließ und ging. Doch ein anderer Teil von mir wollte wissen, wer oder was dafür verantwortlich war, dass ich mit leeren Taschen zu meinen Genossen zurückkehren musste. Im Kopf legte ich mir bereits verschiedene Erklärungen zurecht, doch verdrängte sie dann alle. Sie wussten gar nichts von dem möglichen Schatz, den ich hätte bergen können – folglich war es müßig. Als ich es endlich wagte, waren sicherlich drei Atemzüge vergangen. Eine Häsin mit nichts weiter als einer roten Schleife um den Hals, an der eine goldene Glocke hing. Ihr Atem ging so flach, dass ich erst dachte, sie sei durch den

Sturz bereits die Gleise Richtung Endhaltestelle entlanggelaufen. Ihre Augen waren wie ... Als küssten schneeweiße Wolken die Sonne. Die Erinnerung holte aus und schlug mir mit der Faust ins Gesicht. Ihre Augen hatten das gleiche Strahlen wie die meiner Lady! Ich ließ los, um mich an der Wand festzuhalten. Die Hasendame fiel auf den Boden und stöhnte. Leises Vibrieren kündigte bereits den nächsten Zug an. Einen, der es eilig hatte. Wir mussten hier fort. Die Ratten würden nicht mehr lange auf sich warten lassen. Ich verstand die Warnung der U-Bahn. Auch wäre ich ein Narr, sie zu ignorieren.

Ich hob sie hoch über die Schulter. Ihr Duft umschwirrte mich wie der frühe Duft der Maiglöckchen. Dieses Mal trat mir die Erinnerung in den Bauch. Meine Lady war stets von violettem Fliederduft umgeben gewesen. Ich strauchelte und spürte, wie ich immer mehr das Gleichgewicht verlor. Kurz bevor ich auf den Steinen aufschlug, gelang es mir, mich wieder an der Wand abzustützen. Ich weiß nicht, ob sie einen weiteren Sturz gut überstanden hätte. Sie atmete kaum noch. Ich riss mich zusammen und stolperte in Richtung der Abstellgleise.

Der Weg war auch ohne einen Hasen über der Schulter schon beschwerlich. Durch die Absperrung, unter den Reservegleisbänken hindurch, an der Rolle Zaun vorbei und in die Dunkelheit hinein. Normalerweise nutzte ich hier eine der kleinen, schwach leuchtenden Grubenlampen, doch weder traute ich mich anzuhalten, noch wollte ich die Häsin ablegen. Ich fürchtete, dass ich nicht noch einmal den Mut aufbringen könnte, sie hochzuheben. Zu viel Angst hatte ich, dass dann die Gedanken wiederkamen. Oh, was hätte ich in diesem Moment für eine Schokoladenzigarette oder einen kräftigen Schluck Gin gegeben? Etwas, das meinen Magen und meine Träume beruhigte.

Ich hörte das trockene Husten von Panther, noch bevor ich das kleine Feuer riechen konnte. Es glomm in einer Dose, die einst Sauerkraut beherbergt hatte. Mittlerweile besaß sie keine Aufschrift mehr. Sie hatte Löcher für den besseren Durchzug und qualmte wie ein Räuchermännchen. Sie spendete leidlich Wärme, sodass wir in kalten Nächten nicht mit abgefrorenen Ohren erwachten. Als Lampe eignete sie sich nicht.

Der alte Plüsch hustete, als wollte er aus einer Geröllwüste Wasser pressen. Im kurzen Stakkato des Hustenanfalls kam ich schließlich an. Es wirkte wie ein Applaus im Scheinwerferlicht der Bühne. Ehe die Erinnerung mich dieses Mal schlagen konnte, ging ich in Deckung, indem ich laut fluchte: »Ihr seid so unaufmerksam, dass die Ratten Euch am helllichten Tag überfallen könnten.« Ich genoss den Moment,

als der Braune zusammenzuckte und Panther kurzzeitig das Husten vergaß. Langsam kniete ich mich hinab und legte den kleinen weichen Körper auf eine der Decken. Die Stofffetzen waren seit Ewigkeiten nicht gewaschen worden und die Motten hatten große Löcher hinein gefräst. Sicher stanken sie außerdem nach Rauch, wie alles hier. Ein seltenes Gefühl von Scham überkam mich.

»Wo bin ich?« ihre Stimme klang wie die eines Engels. Dieses Mal holte die Erinnerung mit einer solchen Wucht aus, dass ich rücklings zu Boden fiel.

# KAPITEL ZWEI

*»Im Reich der Wirklichkeit ist man nie so glücklich wie im Reich der Gedanken.«* (Schopenhauer)

Honig! Liebster Zaubertrank! Mit einer feinen Teetasse aus dünnwandigem Porzellan schöpfte ich mir eine Portion aus dem Springbrunnen heraus. Ich hielt die Tasse an mein Gesicht. Die Sonne spiegelte sich in der Oberfläche wieder und färbte alles in Bernstein. Ich setze das Porzellan an meine Lippen und trank bedächtig einen Schluck. Der Trunk umgarnte meine Zunge. Ich konnte den Geschmack der wilden Blumen schmecken, als naschte ich selbst daran. Langsam glitt mir der Honig den Gaumen hinab. Erst jetzt entfaltete er sein volles Aroma. Was für ein Abgang! Und zum krönenden Schluss breitete sich wohlige Wärme in meinen Bauch aus. Glückseligkeit.

Ich lehnte mich in den Sessel zurück, die Beine ruhten auf einem gepolsterten Hocker. Die Blumenwiese zu meiner Rechten erstreckte sich über die sanften Hügel bis zum wolkenlosen blauen Horizont. Ein kleines Wäldchen umrahmte sie im Norden, einige Rehe grasten darauf. Zu meiner Linken wuchs eine Gruppe violetter Ahornbäume und hielten Hängematten zwischen ihren Stämmen. Sie schaukelten im

Wind hin und her wie Federn. Etwas weiter hinten floss der Honig träge in Richtung des Milchsees.

Ein breites Grinsen schob sich auf mein Gesicht. Die Welt war schön und jedes bittere Ende meilenweit entfernt. Ich steckte die Pfote in die Tasse, um auch die letzten Tropfen herauszubekommen. Während ich sie gedankenverloren abschleckte, beobachtete ich den Rehbock, der sich langsam seinem Rudel näherte – mit dem Stolz und der Anmut eines Königs. Die Rehe blickten zu ihm auf, trabten eines nach dem anderen zu ihm hin, um ihn zu begrüßen. Er senkte huldvoll den prächtigen Kopf. Meine Aufmerksamkeit wurde von zwei Meisen eingefordert, die sich zu mir auf den Tisch setzten und begannen ein kleines Stück von Mozart zu trällern. Ich wippte dazu im Takt mit der Pfote und brummte die Melodie mit. Es war ein wohliges Brummen, das zwar nicht immer den Ton traf, doch von Herzen kam. Die Vögel dankten es mir, indem sie einfach fortfuhren.

Unbewusst sang ich lauter mit, während ich hinab zum Flussufer ging. Das Zuckerwatteschilf leuchtete in allen Regenbogenfarben. Ich hockte mich ans Ufer, an eine von der Sonne besonders kraftvoll beschienene Stelle und wartete. Kleine Blasen deuteten an, dass hier der Honig heiß genug war. Flussaufwärts trieb gerade eine Languste direkt in die brodelnde Masse. Kurz darauf fischte ich sie mit einem Stöckchen heraus. Frittiertes Krustentier in Honig. Hmmmmm. Mit beiden Pfoten brach ich sie in der Mitte durch. Das Wasser lief mir in der Schnauze zusammen. Das Fleisch war weiß und duftete nach Meer und Abenteuer. Ich schälte sie aus der Hülle und wollte hineinbeißen, als mich eine Ladung Flüssigkeit im Gesicht traf. Ich versuchte es zu ignorieren, doch das Zeug floss bereits in Richtung meines

Auges. Seufzend senkte ich die Languste wieder und griff mit der anderen Pfote hinauf.

Besser, ich hätte es gelassen. Die Sonne verdunkelte sich zum dumpfen Flackern einer Feuersauerkrautdose. Der Duft frisch gerösteter Schalentiere versank in dem verschmorten Plastiks. Panther hatte wieder vergessen, die Hülle von seiner Zigschachtel zu entfernen, ehe er sie ins Feuer geworfen hatte.

# KAPITEL DREI

*»Durch Frauen werden die Höhepunkte des Lebens bereichert und die Tiefpunkte vermehrt.«* (Nietzsche)

Ich hing zwischen der tristen Realität und dem langsam welkenden Grün meines wunderschönen Traums. Weder gelang es mir einen klaren Gedanken zu fassen, noch die Bilder meines kleinen Hauses am Honigsee festzuhalten. Ich hasste diesen Zwischenzustand. Ganz oder gar nicht war meine Devise. Also begann ich eine schmerzhafte Realitätsanalyse. Zunächst einmal hatte ich da diese nasse Pfote des Braunen im Gesicht. Ich drückte sie weg. Ich betrachtete den fragenden Ausdruck meines Leidensgenossen für einige rauchige Atemzüge. Wie immer war sein Bärengesicht von bitterer Ironie verzogen. Diese Mimik hatte er einfach drauf.

»Geht's?«, knurrte er. So viel Hilfsbereitschaft rührte mich.

»Muss.« Ich nickte und versuchte, mich weiter zu orientieren, denn ehrlich gesagt wusste ich noch immer nicht, was denn genau ‚gehen' sollte. Körperlich schien ich so weit vollfellig zu sein. Ich spürte meine beiden Ohren an den richtigen Stellen, konnte alle vier Pfoten bewegen und mein lachhaftes Stummelschwänzchen war auch noch da, wo es der Schöpfer vergessen hatte.

Vorsichtig wischte ich mir über die Nase; sie war nass. Als hätte jemand Wasser ...

»Du ... Du hast mich mit Zitronenlimonade übergossen«, schlussfolgerte ich aus Geschmack und Geruch. Ich wusste nicht, was mich mehr empörte. Die Tatsache, dass ich die Limonade jetzt nicht mehr trinken konnte, oder dass mein Fell klebte – noch mehr als vorher.

»Im Krieg gibt es Verletzte«, knurrte der Braune und wischte seine Pfote an meinem Fell trocken. Ich lachte innerlich, als ich entdeckte, dass er sich damit ebenfalls Ostereierschokolade ins Fell gerieben hatte. Gerechtigkeit war ein Fuchs.

Als er ein wenig zurücktrat, erweiterte sich mein Gesichtsfeld zusehends. Eine kleine Grubenlampe verteilte ihr schummriges Licht mit äußerster Präzision in jene Ecken, in denen sich die Konservendosen stapelten und sich der Dreck zu einem Haufen aufgetürmt hatte.

Panthers Husten ließ mich auch in seine Richtung sehen. Sein ausgemergelter Körper war mit grün-schwarzem Moos überwuchert. Wie ein Parasit hatte es sich von seinen Pfoten hinauf fast über sein ganzes Rückenfell gezogen. Es war feucht und, wie es bei Moos üblich war: modrig. Lange würde er nicht mehr an diesem tristen Fleck Welt hausen müssen. Ich war mir jeden Tag sicherer, dass er bald eine einfache, letzte Fahrkarte kaufen würde.

»Wo hast du dieses Mädchen her?«, knurrte der Braune und fuchtelte mit seinem verbliebenen Arm vor meiner Nase herum. Ich stemmte mich hoch, damit er nicht mehr so auf mich herabsehen konnte. Das ‚Mädchen' saß in eine Decke gehüllt bei Panther und schien auf das Ende des Hustenkrampfes zu warten. Neben ihr auf dem Boden lag die alberne Glocke, die ihr der Braune sicherlich gleich als Erstes abgenommen hatte. Wer bitte trug eine Glocke um den Hals ohne dabei aus Schokolade zu sein? Wir waren hier ja nicht beim Almabtrieb.

»Also?« der Braune boxte mich in die Seite.

»Die Frau«, betonte ich, »lag zwischen den Gleisen.«

»Eine Aussteigerin?« So nannten wir die, die es hier herunter in die Schächte verschlug. Vornehmlich Freidenker und Künstler, die hier im Schutz menschenleerer U-Bahn-Stationen ein neues, vermeintlich besseres Leben anzufangen versuchten. Der Braune, Panther und ich gehörten zu den Aussteigern. Wie waren schon in jungen Jahren aus den Zwängen der Konsumgesellschaft geflohen.

»Weiß nicht, sah eher nach einem Unfall aus.«

»Schwarzgefahren ...«, brummte der Braune und schüttelte seinen Kopf. Schwarzfahrer hatten es hier unten noch schwerer. Sie sehnten sich nach der Welt dort oben, zwischen Spielzeugregal und Kinderbetten. Doch es gab kein zurück. Wer zu sehr von Heimweh zerfressen wurde, löste sich irgendwann ein einfaches Ticket.

»Also, und nur ihr drei lebt hier unten?« Ihre Frage bohrte sich unangenehm in meine Lethargie. Als rührte jemand mit einem Schneebesen durch einen Pudding, der sich gerade mit einer schönen glatten Haut zur Ruhe gesetzte hatte. Ich flüsterte dem Braunen zu: »Man hat dann bei jedem Bissen Haut auf dem Löffel, schrecklich.« Erst einen Moment später wurde mir klar, wie unsinnig sich das angehört haben musste und ich fügte schnell hinzu: »Wenn man vorher drin rumrührt, meine ich. Schrecklich« Der Braune nickte.

»Nein, ...« Panther übernahm die Rolle des Erklärbären. »Es gibt noch eine kleine Stadtkolonie in einer unbenutzten Station der Felllosen, da leben auch ein paar.«

»Wie, unbenutzt?«

»Keine Ahnung, scheint nicht mehr gebraucht zu werden.«

»Was für eine Verschwendung.« Sie schüttelte ihren Kopf und ihre kleinen Ohren sausten dabei um sie wie die Rotorblätter eines Hubschraubers. »Und ihr macht hier so ‘ne Art Campingurlaub?«

Panther schaute kurz zu uns hinüber, damit wir ihm aus dieser Misere heraushelfen konnten und ich überlegte schnell, ob mir irgendetwas von den großen Alten dazu einfiel.

»Wer von seinem Tag nicht zwei Drittel für sich selbst hat, ist ein Sklave. Klammer auf Nietzsche, Klammer zu«, übernahm der Braune das dringend notwendige Zitat und ich ergänzte: »Das andere Drittel wird geschlafen.« Der große Alte, er hatte immer etwas Wertvolles in seinem Repertoire. Das müsste sie daran hindern, weitere Fragen zu stellen.

»Ach, die anderen sind Sklaven? Ihr meint ‚Kolonie‘ im Sinne von Sklavenkolonie?«

Der Braune verdrehte die Augen. Er steckte sich umständlich eine Schokoladenzigarette in den Mund – ich folgte seinem Beispiel – und mischte sich kauend in das Gespräch ein:

»Wir sind alle Sklaven unserer Begrenzungen.« Er stand auf und stellte sich in den Schein des Feuers. Seine Hand hielt er wie die Freiheitsstatue nach oben, die Zig war seine Fackel. »Indem wir uns von unseren gesellschaftlichen Fesseln lösen, indem wir uns einen Schritt rückbesinnen auf das, was vorher war ...« Gleich würde er den dritten großen Alten zitieren. Ich merkte, wie meine Augen feucht wurden, und wechselte schnell meine Position, um nicht länger im Rauch zu stehen.

»Ach, ihr seid sowas wie Eremiten?«

Panther nutzte die Gelegenheit des zerstörten Moments und hustete wieder Blechdosen, die an einer Bahn entlang über die Schottersteine gezogen wurden.

»Wir sind Misanthropen«, erklärte ich und fand, dass es sich, jetzt wo ich es einem fremden Plüsch erzählte, gar nicht mehr so heroisch anhörte. Unter uns Dreien hatte es immer irgendwie cooler und verwegener geklungen.

»Ihr habt Angst vor anderen Plüschs und versteckt euch deswegen hier?«

Jetzt war es am Braunen, einen Hustenanfall zu bekommen. Ich folge Hases Blick über unsere Absteige und schämte mich dafür. Während der Braune das Wort an sich riss, begann ich, ein paar leere Süßkramtüten wegzuräumen. Ich war mir nicht sicher, ob Panther darüber grinste, oder einfach etwas zwischen den Zähnen klemmen hatte.

»Wir haben die Einsamkeit gewählt«, trug der Braune vor, »um uns unseren Studien über die Plüschheit hingeben zu können. Von hier können wir die Welt und ihre ewig dunkle Seite erforschen.«

»So ein Quatsch, meine Liebe.« Panther fiel uns und insbesondere dem Braunen ins Wort und in den Rücken, während ich versuchte, meine Sammlung schwarzer Schnürsenkel aus linken Schuhen zu sortieren. Wie immer hatten sie sich heillos verknotet.

»Ich bin hier, ...« Panthers Stimme wurde leiser, und auch ich lauschte angestrengt. »... weil ich zu alt bin. Alle meine Freunde haben schon das letzte Ticket bekommen. Es war so einsam um mich herum. Da in der Stadt ... » Sein anhaltender Husten unterbrach ihn erbarmungslos – so lange, dass ich währenddessen sogar noch die Decken ordentlich zusammenfalten konnte. »Da in der Stadt ... weiß du, alles geht so schnell dort. Jeder schaut dich mit diesem Mitleidsblick an. Sie wollen alle verhindern, dass ich das Ticket bekomme, weil sie es nicht ertragen, dass jemand geht. Das ...«

Mir wurde schwer ums Herz. Ich wollte auch nicht, dass er ging. Aber wir hatten uns in unserem WG-Manifest darauf geeinigt, dass wir der Sache nicht im Weg stehen würden. Keine Replüschimation, keine Maschinen. »Das ist so eine Sache, die niemand wahr haben will. Aber so ist der Lauf der Dinge, ich mag niemandem zur Last fallen.« Panthers Rede endete in einem Stakkato aus Husten und Keuchen. Im Augenwinkel sah ich, wie Hase eine Träne fortwischte. Der alte Haudegen, wie machte er das nur mit den Frauen?

# KAPITEL VIER

Sicher, wir hätten mit Hase auch in eines der plüschigen kleinen Cafés, die lieblich nach Vanillearoma rochen, gehen können. Diese sogenannten Wohlfühloasen, neben den Zuckerstäbchenläden, die alleine vom Anblick der Ladenschrift schon das Fell verklebten und Glück in allen Farben verhießen. Aber wir waren zu abgebrannt, um dort aufzuschlagen. Panthers muffiger Geruch hätte die anderen Gäste vertrieben; das Genörgel des Braunen über die hohen Preise meine Laune. Ich wollte nicht mit anderen Plüschs auf zu weichen Sesseln sitzen, aus zu kleinen Tässchen meine heiße Schok trinken, die auch in den einfachen Humpen der Randkneipen gut genug schmeckte. Also waren wir im *Benedikt* abgestiegen, hinter dessen Tresen ein dicklicher Bernhardiner mit tiefhängenden Tränensäcken stand. Hier reichten unsere restlichen Kronkorken gerade aus, um unsere hungrigen Mägen mit heißer Schok und billigem Mäusespeck zu füllen. Und vor allem würden wir hier wir keine unnötigen Fragen zu Hase und dem Woher, Warum und Wieso beantworten müssen. So eine Schwarzfahrerei war ein herber Schlag. Eben noch wähnte Hase sich bald in den Händen eines glückseligen Empfängers, einem Leben zwischen Teepartys, Luxuspuppenhäusern und weichen Federbetten, nur um in nächsten Moment hart auf den Schienen der Realität aufzuschlagen. Zu viel quietschbunte Fröhlichkeit würde da sicher nicht gut tun.

All diese Erklärungen waren, genau genommen, Blödsinn. Ich war einfach feige; ich fürchtete, dass sie das schöne Leben sehen und sich von uns abwenden würde. Denn warum sollte sie bei uns bleiben, wenn wir neben den hellen Farben der Stadt im diesigen Grau der Tunnel verblassten?

Der Bernhardiner beugte sich zu mir hinüber: »Was denn, kein Gin heute?«

Er zählte die Kronkorken zweimal nach und rollte den letzten in seiner Pfote hin und her, während er uns betrachtete. Besonders Hase nahm er ins Visier.

»Ist noch was?«, fuhr ich ihn so heftig an, dass ich selbst davor erschrak.

»Nein, nein. Alles Tutti!« Der Dicke verschwand hinter seiner Zapfanlage und nahm sich ganz stereotyp ein Handtuch, um den Tresen sauber zu wischen.

Der Braune stieß mich mit seinem Arm unter dem Tisch an und rümpfte fragend die Nase. Ich zuckte nur mit den Schultern und beobachtete heimlich, wie sie den Krug mit beiden Pfoten umschloss, ihn an ihren kleinen Kopf hob und dann fast ganz dahinter verschwand. Ob sie wusste, dass ihre Ohrenspitzen leicht zuckten, während sie die Ohren abklappte? Um mich abzulenken, nahm ich auch einen großen Schluck und verbrannte mir fast die Schnauze an der heißen Plörre. Bei dem Versuch, sie nicht über den Tisch zu spucken, verschluckte ich mich heftig und hustete. Scheinbar durch mich angesteckt begann auch Panther wieder damit, sich die Watte aus der Lunge zu pressen.

»Wie funktioniert das hier« fragte Hase in einer kurzen Hustenpause, was nicht einfach abzupassen war.

»Hm?« der Braune übernahm die Konversation. Umständlich stellte er seinen Becher ab, griff nach einem Marshmallow und tunkte ihn in die Schok. Früher, vor der Sache im Irrlicht, war er ein eleganter, geschickter Bär gewesen, doch mit dem fehlenden Arm waren seine Bewegungen kantig und ungeschickt geworden. Ich wusste, wie sehr ihn das ärgerte, und konnte seine Wut förmlich spüren.

»Das mit dem Bezahlen und so. Gibt es auch Märkte, um seinen hungrigen Magen zu füllen?« Hase setzte ebenfalls den Becher ab und lauschte dem Braunen fast andächtig.

»Wir bezahlen mit Kronkorken. Entweder du musst sie draußen sammeln oder du verdienst sie dir.«

»Wo kommt denn alles her?« Den Humpen nicht loslassend, nahm sie sich ein Marshmallow aus dem Korb und biss ein winziges Stück davon ab.

»Es gibt Großhändler. Die besorgen das bei den Felllosen. Es gibt Schmuggelrouten und organisierte Gruppen. Sie bringen die Ware über die U-Bahn rein«, ergänzte Panther in einer seiner Hustenpausen.

»Und wovon leben die?«

»Sie behalten einen Teil der Beute, bekommen vieles umsonst und naja, ... sind ziemlich angesehen in der Gesellschaft.« Wir hatten kurz überlegt, auch Sammler zu werden, ehe wir ins Abstellgleis zogen. Doch die Aussicht, durch dunkle Gänge zu schleichen, immer auf der Flucht vor den Ratten, erschien uns wenig glorreich.

»Vermissen die Felllosen die Sachen denn nicht? Was, wenn jemand ihnen folgt und hier auftaucht?«

»Mädchen«, jetzt war es der Braune, der seinen ‚Jetzt erzähle ich dir mal was von der Welt'-Ton drauf hatte, »die Felllosen haben von dem Zeug so viel, dass sie nicht mal merken würden, wenn eine ganze U-Bahn damit vollgestopft würde. Die brauchen das überhaupt nicht zum Leben. Für die ist das nur Zeug.«

»Oh...« Ausnahmsweise wusste sie darauf keine Antwort. Ich stellte mich auf die nun normalerweise folgende entspannende Leere ein, wenn Plüschs einfach nebeneinandersaßen, eine heiße Schok in den Pfoten hielten und die Zeit genossen.

»Und vermissen die uns nicht?«

Wie ein kleiner Meißel bohrte sich ihre Frage in die Stille.

Panther legte ihr die moosbewachsene Pfote auf den Arm und schaute sie mitfühlend an: »Nein. Sie werfen uns weg, wenn sie ein gewisses Alter erreichen oder wir nicht mehr so flauschig sind wie früher. Wenn wir nicht mehr vollständig sind, mögen sie uns nicht mehr. Sie achten nicht auf uns, wenn wir aus Taschen rutschen, noch suchen sie nach uns. Sie vergessen uns auf Dachböden, unter Autos und in der U-Bahn. Glaub mir, sie weinen uns keine Träne nach. Wir sind einfach nur Zeug.«

# KAPITEL FÜNF

Die nachfolgende Ruhe hatte wenig mit der von mir so geliebten philosophischen Stille gemein. Deprimiert schlürften wir unsere letzten Reste der Schok und wischten den Boden der Tassen mit einem Marshmallow aus.

Der Braune klopfte vernehmlich mit einer leeren Schachtel Zigs auf den Tisch. Ich verstand die Zeichen sofort. Auch ich hatte einen flauen Magen und zu viele Worte im Kopf.

»Ach, und dann gibt es so eine Art demokratische Regierung bei Euch?«, fragte Hase aller eindeutigen Zeichen zum Trotz weiter. Ich war erstaunt, dass sie ohne einleitende Worte gleich zu so einem hochbrisanten Thema schwenkte. Sehr gewagt. Panther war mit Husten beschäftigt, und so war es an mir, zu antworten:

»Wir haben einen Bürgermeister.«

»Wann gibt es Wahlen?«

»Auf dem Markt glaubt niemand an höhere Plüschs«, stellte der Braune mit einem etwas abgewandelten Nietzsche ihre Frage in Frage. Ich musste ihn davon abhalten, gleich auch noch Schopenhauer zu zitieren. Er war gerade in seiner genervt-aggressiven Laune. Er würde nicht eher aufhören, bis er auch noch den dritten großen Alten zu Wort hatte kommen lassen.

»Kommt, wir gehen zu ihr«, unterbrach ich also das Gespräch. Panther nickte knapp und ich deutete es als Dankbarkeit, dass ich rechtzeitig eingeschritten war.

»Und eine gewählte Regierung ist keine höhere Macht? So ein Unfug.« Ich fuhr innerlich zusammen. Sie hatte wirklich keine Ahnung, was sie gerade auslöste. Es war, als spielte sie mit einer offenen Tube Klebstoff! Natürlich ließ sich der Braune diese Vorlage nicht entgehen und holte, wie vorhergesehen, den zweiten großen Alten hinzu: »Zum Denken sind wenige Plüschs geneigt, obwohl alle zum Rechthaben. Klammer auf: Schopenhauer, Klammer zu.»

Hase verschränkte die Arme. »Ist das nicht etwas kurzsichtig?» Panther vergaß vor Schreck das Husten, und auch ich beeilte mich einzuschreiten, bevor der dritte große Alte ins Rennen der Argumentation; in die Arena der kämpfenden Worte gesendet wurde.

»Ja, wie auch immer. Wir brechen auf, Candy mag es nicht, wenn wir zu spät kommen,« intervenierte ich.

»Ach, ihr habt eine Verabredung, warum sagt ihr das nicht gleich?« Ich stöhnte vernehmlich. Konnte sie nicht einfach die Klappe halten? Panther und der Braune erhoben sich zügiger als sonst.

»Haben wir eine?«, fragte der Braune sichtlich gereizt darüber, dass ich seine Argumentationskette zerrissen hatte. Hase stürzte sich auf ein neues noch glänzendes Thema. Eines, das noch nicht so abgegriffen war wie die philosophische Diskussion über eine Regierungsform.

»Mit wem?»

»Candy«, knurrte der Braune und damit war alles gesagt. Candy musste man nicht beschreiben. Jeder kannte sie. Wer sie nicht kannte, lernte sie kennen und wen sie nicht mochte, der lernte ihre Babes kennen. Und niemand wollte ihre Babes treffen – wir schon gar nicht. Ich fragte mich, ob es eine gute Idee war, Hase mit zu Candy zu nehmen. Solche wie Hase verspeiste Candy zum Frühstück. Als Snack zwischen zwei Mahlzeiten, und sie würde dabei nicht einmal kauen. Aber Hase alleine in unserer Bude zu lassen, erschien mir falsch. Sie hätte dann Zeit, über ihre Lage nachzudenken, sah womöglich sogar unsere recht große Sammlung alter Zigschachteln, die wir einfach in einen Spalt im Beton gestopft hatten. Mir war das peinlich, und irgendwie wollte ich auch noch ein wenig in ihrer Nähe sein. Ihre Ohren dabei beobachten, wie sie um ihren Kopf flogen und ihr süße Stimme hören. Und ich konnte mir vorstellen, dass es, wenn sie die Grundlagen des philosophischen Diskurses gelernt hatte, sehr erfrischend sein könnte, mit ihr zu debattieren.

Hase schien tatsächlich über ein gewisses Maß an Empathie zu verfügen, denn sie fragte nicht weiter. Sie fragte zumindest nicht weiter, wer Candy sei, sondern suchte nach anderen Landminen:

»Was machen wir da?«

Der Braune warf mir einen Blick zu, der sagte: Das ist dein Fundstück, dein Problem. Dann ging er voran und sein Arm hing dabei steif herab. Er schien sich wirklich zu ärgern.

»Wir ...«, stammelte ich also etwas unschlüssig.

»... kaufen ein«, ergänzte Panther und hielt ihr die Tür des Benedikts auf. Ich war dankbar, dass er eine so einfache Erklärung gefunden hatte. Ich hätte wohl noch ein wenig nach Worten gesucht.

»Was denn?«

»Zigs ...« der Rest seiner Antwort ging in einem Hustenanfall unter.

»Willst Du nicht hier warten, Panther?«, fragte ich vorsichtig. Es war ja nun wenig hilfreich, wenn er auf den Gleisen zusammenbrach und wir ihn nach Hause tragen mussten. Aber natürlich hatte ich ihn da wieder an seinem wunden Punkt gepackt. Er straffte die moosbewachsenen Schultern und ging mit einem Knurren nun etwas schneller voran – was immer noch bemerkenswert langsam war und Hase somit die Möglichkeit gab, weitere unangenehme Fragen zu stellen. Ich kam mir vor wie im Jungplüschgarten.

»Was sind denn Zigs?«

»Schokoladenzigaretten«, knurrte der Braune. Seine Pfote legte sich schützend über die Tasche, wo er seine letzten Schätze aufbewahrte.

»Ach«, banalisierte Hase: »Für das wohlige Gefühl im Bauch.«

»Nein«, korrigierte ich, und ehe Hase die nächste Frage stellen konnte, fügte ich an: »Zigs haben mehr Prozente. Härteres Zeug. Kriegst Du nicht überall.«

»Und nicht für Umme«, knurrte der Braune leise.

»Und was bringt das? Bessere Laune wohl kaum.« Hase musterte uns einer nach dem anderen. Ihr Blick hatte ein wenig von einem Laserstrahl, der sengende Wunden hinterließ.

»Ist eine sichere Eintrittskarte ins Traumland«, Panther hatte aufgeholt. »Ein Abo für einen Traum deiner Wahl.«

Hases Ohrenspitzen senkten sich nach hinten. Dann hielt sie an. Ich seufzte, der Braune knurrte und Panther nutzte die Chance, um mal wieder so richtig kräftig zu husten.

»Das klingt ...«, Hase schaute uns an, betrachtete den dunklen Schacht und verstummte dann.

»Ach nichts. Ich glaub für mich wär' das nichts. Ich mag mich von den Traumdealern überraschen lassen.«

Damit war das Thema vom Tisch. Ich war Hase dankbar, dass sie ihre Gedanken nicht weiter ausgeführt hatte. Natürlich war so ein Traumabo gefährlich. Und wir waren meilenweit davon entfernt, nicht abhängig zu sein. Aber andererseits war es schön, immer wieder in seinen Traum zurück zu können. Ich hatte mein Haus am Honigsee sehr liebgewonnen mit der Zeit.

Auch Hase war nun zumindest bis zur nächsten U-Bahn still. Stattdessen sammelte sie einen großen Holzknopf vom Boden auf und wischte ihn an ihrem Fell sauber.

# KAPITEL SECHS

*»Aber auch noch eure beste Liebe ist nur ein verzücktes Gleichnis und eine schmerzhafte Glut. Eine Fackel ist sie, die euch zu höheren Wegen leuchten soll.«*
(Nietzsche)

Hase lief ein Stück voraus – anscheinend froh über etwas Bewegung – drehte dann wieder um und kam zu uns zurück. Ich staunte über so viel Elan. Der Weg war für sich genommen schon schwierig genug; wir mussten mehrmals über Gleise klettern. Direkt durch die Stadt wäre zwar einfacher und kürzer gewesen, aber dann hätten wir uns ins Rampenlicht gebracht. Unentdeckt durch die Stadt zu kommen, war nicht möglich. Der Braune und ich kannten zu viele Plüschs dort. Also mussten wir um sie herum, vorbei an den befahrenen Schächten. Dreimal hörten wir die U-Bahn an uns vorbei rauschen. Einmal befanden wir uns direkt daneben, als sie mit quietschenden Rädern und blitzenden Oberleitungen an uns vorbeiraste!

Hase hielt sich die Ohren zu, indem sie diese an den Spitzen einfach links und rechts an ihrem Kopf herunterzog. Wir drei waren wohl einfach schon zu abgestumpft, um uns noch diese Mühe zu machen.

Wie schwungvoll ihre Schritte im Vergleich zu unserem Geschlurfe waren! Wie ihre Ohren um den Kopf flogen, wie Zöpfe. Sie sprühte vor Energie, wie eine gespannte Feder in einem Bett. Ich erwachte aus meinem Tagtraum, als Panther wieder begann, wie ein Maschinengewehr seine Bazillen in die Gleise zu husten. Lange würde es nicht mehr dauern, bis er dem Zug in die Tunnel folgen würde. Ich wusste nicht, ob ich ihn dafür bedauern oder beglückwünschen sollte. Der Braune und ich warteten neben ihm, bis es aufhörte. Hase hüpfte ein wenig voraus und verschwand um eine Biegung. Ich war überrascht ihre Stimme zu hören.

»Hallo, wer ist denn da? Ist hier jemand?« Hase klang ausgesucht freundlich. Dann folgte plötzlich ein durchdringender Schrei. Der Braune warf sich instinktiv in Deckung, während Panther und ich stumpfsinnig mitten im Gang stehen blieben wie Zielscheiben. Ratten! Ratten, der Urfeind aller Plüschs. Die Nemesis, das Kryptonit, das Ende. Wir taten das einzig Sinnvolle: Wir verkrochen uns. Wir verbargen unsere kleinen ausgemergelten Körper hinter Schrott und Müll.

»Regen! Brauner! Panther!« Ihr Rufen wurde panisch.

»Hört doch!« Jedes ihrer flehenden Worte brannte in meinen Ohren. Ich hielt sie zu.

»Was geschieht hier?«

Ich blinzelte zum Braunen hinüber. Er hatte sich zu einem Fellball zusammengerollt. Sein verbliebener Arm wie ein Schatz in seiner Körpermitte. Er zitterte wie ein Gleis direkt nachdem die U-Bahn darübergefahren war. Panther hingegen starrte ohne zu blinzeln nach vorne. Seine Lippen bewegten sich unaufhörlich, ich verstand ihn nicht. Umso deutlicher verstand ich hingegen Hase:

»Wer seid ihr? Was wollt ihr von mir?«

‚Man sollte beständig die Wirkung der Zeit und die Wandelbarkeit der Dinge vor Augen haben und daher bei allem, was jetzt stattfindet, sofort das Gegenteil davon imaginieren; also im Glücke das Unglück, in der Freundschaft die Feindschaft, im schönen Wetter das schlechte, in der Liebe den Hass. Klammer auf, Schopenhauer, Aphorismen zur Lebensweisheit, Klammer zu‘ schoss es mir in meinen Kopf und ich schämte mich dafür. Ich war so tief unten angekommen, dass ich im Anbetracht der Gefahr nur noch nach der Weisheit der Alten griff, statt zu handeln.

»Hey!« Ihre Stimme erreichte schrillere Höhen als die U-Bahn während des Bremsens. »Fasst mich nicht an!« Die Ratten johlten und lachten über ihren leichten Sieg. Wir hörten das durchdringende Fiepen ihrer Freude. Schnelle Pfoten rannten über die Steine, Krallen kratzten über Metall und Holz.

Dann wurde es still.

# KAPITEL SIEBEN

*»Erst wenn wir sie verloren haben, wird uns ihr Wert fühlbar.«*
(Schopenhauer)

Wohl eine ganze Stunde lang, vielleicht auch zwei, lagen wir zusammengerollt in unserer eigenen Schande.

Es war schließlich Panther, der sich erhob. Langsam, auf seine bedächtige Art. Ernst und mit einem so tiefen Mitgefühl in der Stimme, dass es mir die Tränen in die Augen trieb, sagte er:

»Lasst uns wenigstens ihre Überreste den ewigen Tunneln übergeben.«

Ich schüttelte den Braunen aus seiner Starre, indem ich so lange an seiner Pfote zerrte, bis er aufstand. Wir stolperten über die Gleise, mein Verstand war voller Nebel und Dunst. Ich fiel mehrmals fast nach vorne hin, doch vermochte nicht, meine Pfoten schützend vor mich zu halten. Der Braune riss mich jedes Mal gerade rechtzeitig wieder zurück, ehe meine Schnauze auf den Steinen aufschlug. Als wollte er an diesem Tag nicht noch jemanden verlieren. Vorsichtig, Schritt für Schritt, drückten wir uns an der Wand entlang. Keiner wollte vorangehen und so tanzten wir umeinander, bis ich schließlich verlor, weil ich so nah an der Ecke der Biegung angekommen war, dass kein anderer mehr dazwischen passte. Ich steckte den Kopf um den Betonpfeiler und kniff vorsichtshalber die Augen zu. Ich wollte nicht sehen, wie sich ihr Fell über die Steine verteilte, wollte nicht in weit aufgerissene Augen schauen, die mich vorwurfsvoll anblickten. Überall würde Füllwatte liegen, wie Spinnenweben weit über die Steine und Hölzer verteilt. Vielleicht hatten sie ihr sogar das Herz herausgerissen. Auch das wollte ich nicht sehen.

Brauner drückte mir die Pfote in den Rücken und schob. Ich wagte es zu blinzeln, damit er mich nicht direkt in die Falle schob, die dort sicher auf uns wartete. Ich blinzelte noch einmal. Dann öffnete ich die Augen und starrte ins Dämmerlicht. Wo ich Hases aufgerissenen Körper vermutet hatte, war nur Leere. Im wirklichen, nicht im philosophischen Sinne. Ich taumelte nach vorne. Keine Ratte stürzte sich auf mich. Ich schnupperte. Es roch nach Ratte. Aber es sah nicht nach Ratte aus. Langsam setzte ich eine Pfote vor die andere.

Ihr Duft traf mich wie ein weiterer Schlag. Überall roch es trotz des Gestanks nach Ammoniak auch nach ihrem lieblichen, blumigen Duft. Ich taumelte voran wie benommen. Wo war sie? Wie im Wahn suchte ich nach einer Zellophantüte und einem kleinen braunen Stück Fell. Dort vorne lag der Knopf, den sie sich mitgenommen hatte. Ich strich mit der Pfote darüber und versuchte, ihn zu polieren. Als könnte ich damit wettmachen, was hier gerade geschehen war. Doch nichts weiter war zu sehen. Der Braune stieß mich fort, brummelte irgendetwas von Spuren und dass ich sie mit meinen ungeschickten Pfoten nur zerstören würde. Wie gelähmt stand ich am Rand des U-Bahn-Gleises. Die Geschichte meines Lebens. Am Ende stand ich immer am Rand.

Der Braune beugte sich nach vorne, stützte sich mit seinem einen Arm schwerfällig am Boden ab und schnupperte. Dann wandte er sich scheinbar planlos an eine andere Stelle, schnupperte auch dort. Ich fragte mich, was wir gerade taten. Wir hatten hilflos mit angehört, wie sie in ihr Unglück lief und nun, da die Gefahr vorüber war, versuchten wir zu ergründen, was geschehen war. Wie Reporter, die nach einer Katastrophe mit ihren Objektiven nicht nah genug herankommen konnten und doch immer neutral blieben. Panther, vor dem blinden Aktionismus des Braunen geflohen, stand neben mir. Sein Blick war getrübt. Dieses Dämmerlicht der Tunnel machte ihm immer zu schaffen. Seine Lippen zuckten, er schluckte und dann brach ein Hustenanfall aus ihm heraus, wie schon seit Jahren nicht mehr. Es schien der Augenblick gekommen zu sein, in dem seine Lungen endgültig entschieden hatten, sich nach außen zu bewegen. Er stütze sich an die Wand, krümmte sich und hustete und hustete. Ich sah, dass er verstohlen rote Watte von der Pfote strich. Ich war mir sicher, dass dieser Anfall der Letzte war. Er stützte sich zitternd an der dreckigen Wand ab. Grauer Staub vereinte sich mit seinem graumelierten Fell. Ich wollte nicht noch jemanden verlieren. Ich legte ihm die Pfote auf den Rücken und wartete. Langsam beruhigte er sich.

Ohne auch nur ein Wort über das Geschehene zu verlieren, setzten wir uns nach einer Weile wieder in Bewegung. Ich fühlte mich, als hätten mir die Traumdealer einen besonders schlechten, ramschigen Traum angedreht. Einen, den plüsch ohne Umschweife zurückgeben würde, wie einen Brownie ohne Schokostückchen. Man würde ihn anschneiden und den Verkäufer rufen, um seiner Empörung Ausdruck zu verleihen. Doch ich konnte nichts reklamieren, nichts zurückbringen. Sonst hätte ich wohl schon damals nach der Sache im Irrlicht alles zurückgegeben und mir von dem Rückgeld einen kurzen, aber dafür sonnigen Traum gekauft. Wie in Trance schlichen wir an einem Gang vorbei, der zur Stadt führte. Ich sah aus dem Augenwinkel, dass wir alle ausnahmslos zur anderen Seite blickten. Wie Vampire, die das Licht mieden, nur dass wir weder die glitzernden Frauenschwärme waren, noch sonst irgendeine der coolen Eigenschaften hatten, die einem Blutsauger für gewöhnlich zustanden. Uns blieb nur die Rolle des tragischen, lichtscheuen Vampirs übrig, der an seiner eigenen Existenz zu Grunde ging.

# KAPITEL ACHT

*»Man ist am meisten in Gefahr, überfahren zu werden, wenn man eben einem Wagen ausgewichen ist.«*
(Nietzsche)

Candys Babes waren keine von uns. Sie hatten kein Fell, sondern eine Haut aus Polyvinylchlorid. Sie waren gelenkig und trugen hochhackige Stiefel, kurze Hosen und weit ausgeschnittene T-Shirts. Niemand wusste, woher sie kamen und warum. Irgendwann waren sie da und nur zwei Tage später waren sie Candys Leibgarde, ihre Laufbabes, ihre Schießhunde, ihre, das erklärten sie häufig: besten Freundinnen.

Allesamt waren sie Schönheiten. Aber jemanden vor dem Frühstück in den Dreck zu treten, galt für sie als Frühsport.

Schon von weitem sahen wir zwei der Babes. Lässig lehnten sie draußen vor der Tür. Ihre einst langen, wasserstoffblonden Haare waren Opfer vieler Scheren, Rasierer und Farben geworden. Ihre einst makellosen Gesichter mit den großen blauen Augen und den zarten kleinen Nasen von Piercings, Narben und vom Leben geformt. Ich wollte keinem dieser Babes nachts begegnen. Zur Hölle, ich wollte es nicht einmal tagsüber. Wir nannten sie natürlich nur heimlich Babes. Hätten sie das gehört, oh ... neben einigen Tritten in alle Weichteile, die wir besaßen – und das waren nun einmal eine ganze Menge – hätten wir uns auch noch einige Monologe über Frauenrechte, Diskriminierung und zu guter Letzt noch über Gender anhören müssen. Ich musste an den armen Elefanten denken – nicht an Carlos, der eigentlich Klaus hieß – sondern an seinen Neffen Jonas, einfach nur Jonas, der die Babes einmal verbal herausgefordert hatte. Jonas, konnte wegen des danach erfolgten tatkräftigen Aufschreis den Rüssel nicht mehr richtig ausstrecken.

»Hi«, sagte die Linke mit dem Undercut; ich glaube, sie nannte sich Belle. Sie bewegte sich nicht. Um uns abschätzend zu mustern, brauchte es schließlich nicht einmal einer gehobenen Augenbraue.

»Hi!«, erwiderte ich.

»Was?«, fragte die Rechte und musterte uns mit Verachtung.

Ich schluckte: »I ... Ist Candy da?« Ein makelloses Bein schob sich ein paar Millimeter nach vorne in meinen Blick und ich zwang mich, nicht zu sabbern. Verzweifelt versuchte ich mir klar zu machen, dass sie dieses makellose Knie gleich mit Schwung in meinen Magen befördern würde, wenn ich es weiter begaffte.

»Wer will das wissen?«, fragte die Rechte, ich glaube, sie nannte sich Tinker. Ich erkannte sie an ihrem roten Irokesen, unter dem sie ihr wasserstoffblondes Haar verbarg.

»R ... Regen, der Braune und Panther«, stammelte ich und kam mir noch dümmer vor. Natürlich wussten sie, wer wir waren.

»Regen!«, quietschte Bell und tat so, als wäre sie erfreut. Sie griff nach vorne und packte mir zu meinem Entsetzen in mein Wangenfell und knuffte es. »Nein, was ein niedlicher Name. Da hat Mami es wohl nicht so gut mit dir gemeint, was?« Sie blinkerte mit ihren überlangen künstlichen Wimpern.

»Hätte sie dich nicht besser Matsch nennen sollen, hm?« ergänzte Tinker mit ihrer etwas raueren Stimme. Sie rauchte eher das harte Zeug, wenn sie nicht gerade das harte Zeug trank. Ich starrte auf den Boden. Mein Fell färbte sich rot vor Wut, was die Zwei noch mehr amüsierte.

Belle kraulte mir das Kinn. »Wie lautet die richtige Antwort?« Schmerzhaft zog sie an dem Fell, dass sie zwischen ihren kleinen Fingern hielt.

Ich war auf einmal froh, dass Hase nicht hier war. Froh, dass sie nicht sah, wie ich mich derart erniedrigte. Ein seltsamer Gedanke. Vor allem, da ich eigentlich überglücklich wäre, wenn sie hier wäre. Bell zog ein wenig mehr.

»Ja, das wäre ein guter Name«, brachte ich mühsam hervor und versuchte weiterhin den Boden unter ihren hohen Stiefeln anzustarren.

Der Braune schnaufte verächtlich, doch als Bell und Tinker sich synchron zu ihm umdrehten, vertuschte er es mit einem Husten. Natürlich wollte er nicht in die Schusslinie ihres Sadismus gelangen, und mit nur einem Arm bot er ein leichteres Ziel als ich. Andererseits hatten sie so langsam alle Krüppel- und Einarmwitze durch, die sich ein so grausames Universum ausdenken konnte. Wie sagte Panther immer: »Aber wehe du fängst an, sie auf ihre Brüste zu reduzieren ... Schon bist du ein Unplüsch.«

»Ihr seid krank? Vielleicht sollten wir euch einfach wieder fortschicken?«

Sogleich hörte der Braune auf zu husten. Wieder einmal überließen die Zwei mir das Betteln; Panther hielt sich unauffällig im Hintergrund. Ihn ließen sie auch tatsächlich halbwegs in Ruhe, solange er sich nicht aufmüpfig verhielt. Vielleicht lag es an seinem Alter, oder daran, dass die Babes Angst hatten, sich bei ihm Moos zu holen.

»Bitte, ist Candy da? Hat sie vielleicht Zeit?« Ich duckte mich ein wenig vor den schneidenden Blicken der Zwei. Sie hätten mich sonst noch in vier Teile geteilt.

»Ich frag mal, ob sie Zeit für die Hackfressen hat«, knurrte Tinker und verschwand hinter der Tür. Bell nutzte die Zeit, um mich nieder zu starren. Der Braune hingegen versuchte, Bell mit Blicken einzuschüchtern. Vermutlich wäre er erfolgreicher, trüge er eine Sonnenbrille.

Niemand wollte etwas mit den Babes zu tun haben. Unglücklicherweise musste man an ihnen vorbei, wenn man zu Candy wollte. Ich wünschte, jemand wäre mutig, stark und kräftig genug, sie in die ewigen Tunnel zu schicken.

Nach Panthers drittem Anfall öffnete sich die schwere Metalltür zum Büro mit einem vernehmlichen Quietschen. Tinker schob die Tür auf, trat heraus und stellte sich neben Belle. Erwartungsvoll sah sie uns an. Die Tür fiel langsam wieder zu.

»Na, was ist? Eben hattet ihr es doch noch so eilig?« Sie verschränkte ihre dünnen Ärmchen und betrachtete mich mit Missfallen. Ich war immer wieder erstaunt, wie viele Nuancen von Missfallen, Missbilligung und Verachtung es gab. Aber leider war ich zu feige, ihnen das zu sagen.

Als die Tür nur noch pfotenbreit offen stand, drängte ich mich an den Babes vorbei und drückte die Tür wieder auf. »Danke«, sagte ich. Ich hatte keine Lust, einen Stiefel im Rücken zu haben, weil ich unhöflich war. Andererseits

... wenn sie Lust hätten, würden sie mir auch ohne Grund einfach in den Rücken treten.

»Leg dich doch gleich auf den Boden zum Sterben«, kommentierte der Braune meine Taktik. Ich suchte vergeblich nach einem Zitat von den großen Alten, mit dem ich mein Verhalten rechtfertigen oder zumindest begründen konnte, doch mir fiel nichts ein. Panther schob sich als letzter in den engen Gang. Mehrere Vorhänge trennten irgendwelche Räume ab, doch ich wusste nicht, was dahinter lag. Wir gingen weiter auf den buntgepunkteten Vorhang zu, hinter dem rötliches Licht zu sehen war.

»Herein! Herein!« rief sie schon von weitem. Ihre Stimme war laut, sie konnte damit Plüschmengen übertönen. Etwas zu hoch für meinen Geschmack und sehr quietschig. Wie ein Bonbon. Ich schob den Vorhang beiseite.

Knallrote Sessel, blau-weiß karierte Teppiche, Rautenmuster an Wandbehängen, eine violette Wasserpfeife in der Mitte und mehrere Lavalampen, die alles in so verschiedene Farben tauchten, dass eine Unterscheidung nur schwerlich möglich war. Inmitten dieses Farbdramas lag Candy mit ihrem schwarzgepunkteten weißen Fell ausgestreckt auf einem Diwan. Sie war kein besonders hübsches Exemplar eines Dalmatiners, aber eine Diva, die ihresgleichen suchte. Mir war ganz schummrig von all den Farben.

Ein weiteres der Babes – mit grünen Strähnen, ich glaube, sie hieß Tine – kniete neben ihr auf dem Teppich. Ihre kleinen Hände massierten Candys Hinterpfoten. Das Babe schien uns gar nicht wahrzunehmen, sondern kümmerte sich voller Hingabe um ihre Pflicht. Palpa, das letzte Babe der Bande – sowohl im wörtlichen als auch im übertragenen Sinne – schenkte gerade einen vermutlich sauteuren

Gin in ein Glas ein, versenkte dann einige Eiswürfel darin und rundete das Ganze mit etwas Tonic ab. Sie hatte sich die Haare einfach komplett gespart und stattdessen mit Edding irgendwelche Muster auf den Kopf gemalt.

Ich starrte auf Candy und ihr weiß-schwarz gepunktetes Cocktailkleidchen, die weißen, großen Ohrringe, die weiße Perlenkette und den kontrastierenden Lackgürtel. Sie war wie ein Halluzinogen.

Der Braune stieß mich nach vorne und erlöste mich aus der Farbstarre.

»Wir ... wir ... brauchen ...« Candy hob ihre Pfote und ich verstummte, als hätte sie einen Zauber gesprochen.

»Versuch es noch einmal, Regen«, sagte sie tadelnd und ich schluckte. Wir waren Bittsteller, darüber ließ sich nun einmal nicht hinwegtäuschen. Abgeranzte, bettelarme Plüschs, die wenig anzubieten hatten. Ich wusste, dass unsere Vorräte nahezu leer waren. Wir hatten nicht sehr sorgsam darauf geachtet, nicht zu viel zu verbrauchen. Ich hatte die letzte Nacht schon schlechter geschlafen und am eigentlich hellblauen Himmel meines Traumes waren dunkle Wolken aufgezogen. Ein untrügliches Zeichen, dass ich zu wenig geraucht hatte. Bald würde es anfangen zu regnen und der Honig würde verwässern.

Einmal hatte ich zu lange gewartet, hatte geglaubt, ich könnte ohne das Zeug. Drei Nächte hatte ich mit angesehen, wie die Traumdealer meinen schönen Traum zerstörten, wie sie nach und nach mit Bohrschlaghämmern, Äxten und Feuerlöschern alles vernichteten, was mir lieb und teuer war. Bevor sie sich an meinen Garten mit den Honigbonbonblumen heranmachen konnten, hatte ich aufgegeben und war reumütig zu Candy zurückgekrochen.

»Bitte Candy, wir brauchen neue Zigs.« Ich knetete meine Pfoten und suchte verzweifelt einen Fixpunkt in ihrem schreiend bunten Teppich. Es war aussichtslos.

»Könnt ihr denn dieses Mal zahlen?« Mein Magen krampfte sich auf die Größe eines sauren Kirschbonbons zusammen.

»Regen! Ihr kommt nicht allen Ernstes her und vergeudet meine Zeit, ohne einen einzigen Kronkorken dabei zu haben?« Ihre Stimme senkte sich zu dieser gefährlich leisen Tonlage, mit der sie sicherlich schon so manches Todesurteil gesprochen hatte. Vermutlich so, wie bei Theobald. Ich schluckte.

Der Braune trat vor. Er machte eine Bewegung, als würde er eine Mütze vom Kopf ziehen und sie sich vor die Brust halten.

»Candy, wir wissen, dass du keine Bittsteller magst ...«

»Ja, ich kann sie wirklich nicht ausstehen.«

»Wir wären bereit, Dir den ein oder anderen Gefallen zu tun ...«

»Warum sollte ich von Euch abgewrackten, kronenlosen Plüschs einen Gefallen brauchen? Ihr beschmutzt meine Teppiche, stinkt wie ein angemoderter Flokati, kleidet Euch wie Ladenplüschs und außer große Reden schwingen könnt ihr nichts. Raus!« Sie wies mit ihrer Pfote zum Ausgang und funkelte uns an. »Ich will euch nicht eher sehen, als dass ihr bezahlen könnt.«

»Bitte ... mein Abotraum ...«

»Es ist mir völlig egal, Regen! Und wenn ich erst die Babes bitten muss, damit ihr verschwindet, wird hier mehr fallen als nur euer Stolz.«

# KAPITEL NEUN

*»Unsere Eitelkeit ist gerade dann am schwersten zu verletzen, wenn eben unser Stolz verletzt wurde.«* (Nietzsche)

Da standen wir nun in der dunklen Gasse und ein Regenschauer hätte unsere Lage nicht deutlicher ausdrücken können.

»Verdammter Mist«, knurrte der Braune. »Es ist verloren und vorüber.«

»Ich ... Ich hatte gerade einen neuen Schaukelstuhl gekauft«, ergänzte ich.

»Ernsthaft? Was machst du da in deinem Traum eigentlich die ganze Nacht?« Der Braune hatte seinen Arm in die Hüfte gestemmt und sah auf mich herab.

»Ich ... ich ... habe die bestmögliche Gelegenheit geschaffen, um ... was machst du denn in deinem Traum?«

Der Braune schaute betreten zu Boden, so dass mir meine Frage gleich wieder leidtat. Plüschs fragten nicht nach den Traumabos der anderen Plüschs, das war zu privat. Aber er hatte schließlich angefangen!

»Kollegen ...« Panther brachte uns wieder auf das Gleisbett zurück. »Wir haben nun einmal diesen Weg beschritten. Es war uns allen klar, dass es keine gute Idee sein würde.

Aber wir alle haben unerfüllte Träume und deswegen erschien uns dieser Weg so richtig.« Der Braune ergänzte:

»Denk doch nur Regen, wie wir damals auf Theobald herabgesehen haben. Für wie dumm wir ihn hielten, sich auf so etwas einzulassen.«

Das Wort zum Sonn- und Feiertag – sie hatten Recht. Die Sache mit Theobald damals im Varieté hätte uns eine Lehre sein müssen. Bisher hatte ich diese Geschichte noch niemandem erzählt, aber da Panther uns so fragend ansah, kam ich nicht umhin, es ihm zu erklären. Schließlich hatten nur der Braune und ich dort unsere Kronkorken verdient.

Schon während der Vorstellung versuchte Theobald, meine Aufmerksamkeit zu erregen. Immer, wenn ich in seine Richtung schaute, begann er frenetisch zu winken, als hätte er eine feuchte Pfote, beziehungsweise einen feuchten Huf und wollte das Wasser abschütteln. Deshalb ignorierte ich ihn auch bei den ersten beiden Malen. Wenn Vierfüßlerplüschs nur auf drei Beinen stehen und dabei noch mit dem vierten winken und so groß sind wie Theobald ... Entschuldigung, dann ist das einfach kein sonderlich würdevoller Auftritt. Ich vermutete, er wollte einfach freundlich sein, auf seine bekloppte Art. Als er dann aber auch während ich die Ansage für den Auftritt von Miriam, der wahnsinnigen Messerkünstlerin, machte, nicht mit seinem Gewinke aufhörte, war es mir schon peinlich. Natürlich war es einigen Zuschauern nicht entgangen. Ganz Profi fuhr ich ungerührt fort und beschrieb dem atemlos lauschenden Publikum, wie Miriam ohne hinzusehen ihrem Assistenten eine neue Frisur verpassen würde. Ein Spektakel, das sie nur alle paar Monate durchführen konnte und für das sie noch nie geübt hatte. Ihr Assistent war zwar mit langen Haaren gesegnet, aber sie wuchsen eben nicht so schnell nach. Mit Perücken zu üben, lehnte Miriam aus ethischen Gründen strikt ab. Dann könne sie ja gleich eine Puppe mit sich auf die Bühne nehmen.

Ich wusste, dass das Publikum wie gebannt an Miriam und ihren Messern kleben würde, und schlich daher zu Theobald. Ich brauchte gar nicht hinsehen, um zu wissen, was gerade auf der Bühne passierte. Mit ihrem fellengen Bodysuit sah Miriam wahrscheinlich wie immer atemberaubend aus. Sie trug zwei Gurte aus Messern über der Brust, zwei Macheten an ihrem Gürtel und jeweils noch einen Dolch an ihren schlanken Beinen. Sie war eine Krokodildame mit Stil. Alleine ihre schwarz funkelnden Augen fesselten das Publikum bis in die letzte Sitzreihe. Gut, alle außer Theobald, der nur ein Auge für mich hatte und, jetzt wo er mich wahrgenommen hatte, schon wieder mit seinem albernen Gewinke anfing. Ich legte vorsorglich meine Pfote an die Lippe, damit er nicht gleich lautstark los erzählte.

Miriams Assistent betrat die Bühne, denn ein allgemeines Raunen und Seufzen ging durch den Raum. Er machte seinem Künstlernamen alle Ehre. Ein durchtrainierter kurzfelliger weißer Oberkörper, eine lange wehende Mähne, elegante, fast tänzerische Schritte: Zorro, der Andalusier. Die beiden waren ein Highlight der Show.

Theobald senkte seinen langen, schwarz gepunkteten Hals zu mir herunter und machte Anstalten, mich mit seinem Kopf zu schubsen. Ich legte noch einmal beschwichtigend meine Pfote an die Lippen und folgte ihm ins Foyer. Zorro würde sich währenddessen von Miriam ans Andreaskreuz fesseln lassen. Ich hatte schon Bärendamen bei weniger in Ohnmacht fallen sehen. Wir legten nach diesem Showakt immer eine Pause von ungefähr zwei U-Bahnen ein, damit die Gemüter sich wieder beruhigen konnten. Nicht alle Pärchen tauchten nach dieser Pause wieder auf.

Das Foyer war leer. Niemand wollte sich entgehen lassen, wie Miriam Zorro nun lange und höchst romantisch in die Augen sah, ihm mit Blicken und Gesten ihre tiefe Liebe vermittelte und dann die schwarze Augenbinde umlegte. Bei Theobald war für diese Romantik keine Zeit, kaum zum Stehen gekommen, zischte er:

»Regenbogen, sie werden mich holen!«

»Was?« war die einzige, nicht sonderlich intelligente Antwort, die mir dazu einfiel.

»Nach der Vorstellung. Sie warten draußen schon auf mich. Ich bin verdammt und verloren.«

Ich seufzte. Ich hatte wirklich keine Lust, Theobalds paranoides Geschwätz anzuhören, denn jetzt würde Miriam anfangen, ihre Messer zu schärfen. Und dann begann der Teil, während dem ich Damen ungestört feuchte Himbeerbrausebonbons in den Ausschnitt stecken könnte, weil sie so gebannt nach vorne starren würden.

»Hör zu Theo, ich ...«

»Nein, hör mir zu! Es ist mein bitterer Ernst!« Er fasste meinen Arm und drückte so sehr zu, dass ich kaum eine andere Wahl hatte, als seinen weiteren Ausführungen zu folgen.

»Also? Du hast vier U-Bahnen, dann muss ich die Pause ankündigen«, brummte ich gnädig. »Wer wartet draußen?«

Theobald senkte seinen Hals zu meinem Ohr hinunter und flüsterte:

»Die Babes.«

»Die Babes?«, runzelte ich die Stirn. »Was hast du denn mit denen zu schaffen?«

»Ich hab Mist gebaut, Regenbogen, verdammten Mist.« Theos Stimme war inzwischen eine Art panisches Flüstern geworden. Hätte Zorro drinnen etwas gesagt, hätte es vermutlich genauso geklungen, doch wenn Miriam ungefähr drei Gleisbalkenlängen von einem weg stand und sich bereit machte, das erste Messer zu werfen, dann war man wohl besser still.

»Red' doch mit dem Braunen. Er bringt Dich sicher heim«, schlug ich vor. Der Braune hatte noch nie eine Herausforderung abgelehnt und vor den Babes fürchtete er sich sicher auch nicht.

»Dafür ist es zu spät. Viel zu spät! Ich hätte nie auf so einen Deal eingehen dürfen. Ich habe meine Seele für Zigs verkauft, mit Fell und Watte«, stammelte Theobald. Im Kabarett schrie eine Frau erschrocken auf. Miriam hatte wohl den ersten Wurf gewagt; dabei passierte es manchmal, dass jemand im Publikum die Fassung verlor. Zorro ging dabei regelmäßig ‚einer ab', wie er sagte. Er liebte den Thrill und das Adrenalin. ‚Das Leben am Edge' wie er es nannte, war seine Droge.

»Okay. Theo, wie kann ich dir dabei helfen?« Theobald schaute mich lange und mit solchem Ernst an, dass ich darüber fast vergaß, an die Vorführung zu denken. Gerade flogen vermutlich die Messer auf Zorro zu.

»Ich brauch´ Kronen«, flüsterte Theobald. »Ich brauch´ Kronen, um mich freizukaufen.« Ich schluckte. Hieß es nicht immer, dass bei Kronen und Frauen die Freundschaft aufhörte? Ich zögerte, und natürlich entging ihm das nicht. Er griff wieder nach meinem Arm. »Hör auf drüber nachzudenken, ich kann es dir nicht zurückzahlen, selbst wenn du so viel hättest.«

Vielleicht war Theo einfach endgültig wahnsinnig geworden. Ich lauschte auf das Publikum. Der atemlosen Stille nach zu urteilen hatte Miriam begonnen.

»Was willst du, Theo? Ich muss gleich wieder rein.« Ich befreite meinen Arm aus der Umklammerung. »Der Doc nimmt Ersatzteile für gutes Geld. Ich will, dass du Teile von mir dort verkaufst.« Jetzt hatte Theo meine volle Aufmerksamkeit.

»Bist Du irre? Der Doc nimmt nur von den Toten.«

»Ich bin lieber tot und schuldenfrei, als den Babes in die Hände zu fallen!«, zischte er.

»Cheute werden ich färben noch eine Strähne in rot« hörte ich Miriam in ihrem Künstlerakzent überdeutlich sagen. Das war mein Zeichen, ich musste los. Manchmal, so ungefähr einmal im Jahr, traf Miriam nicht ganz die richtige Stelle und es floss rote Füllwatte. Damit das Publikum es nicht merkte, hatten wir ein Signal ausgemacht. Ich musste dann die Blicke der Zuschauer ablenken, während sie es schnell fortwischte.

»Hör zu Theo, wir reden nach der Vorstellung. Ich bin gleich wieder da. Wir finden eine andere Lösung!« Ich ließ ihn stehen, zwang mich zu einem Lächeln und ging ins Varieté zurück.

Laut verkündete ich: »Meine Damen, das ist nun ihre Gelegenheit. Vielleicht findet sich noch der ein oder andere Gatte, der auch ein wenig Farbe vertragen kann?« Befreiendes Kichern war die Antwort und die Spannung löste sich aus den Gesichtern der Zuschauer. Ich scherzte ein wenig über mögliche Farben und verteilte Komplimente an umstehenden Damen für ihre schönen Augen, während Miriam unauffällig die rote Watte beseitigte und die Haarsträhne rot färbte. Die Illusion war perfekt.

Es würde sich sicher nach der Vorstellung noch eine Lösung auftun. Etwas Hilfreicheres, als dass er seine Eingeweide an den Doc verkaufte. Was für ein ausgemachter Blödsinn. Manchmal kam es vor, dass der Doc von anderen Plüschs Teile entnahm, wenn diese davon genug hatten. So hatte Aganthula eines ihrer acht Augen für Genove gespendet, nachdem diese ihr letztes unwiederbringlich zwischen den Gleisen verloren hatte. Aber der Doc würde sich niemals auf so einen wilden Handel einlassen. Dann würde es ja womöglich zu Morden deswegen kommen oder Fälschungen bei Testamenten. Nein, der Doc wollte sicher sein, dass das Plüsch einen tragischen und keinen absichtlichen Unfall gehabt hatte, ehe er Teile entnahm. Oder eben, dass beide Seiten zugestimmt hatten und der Spender mit dem jeweils fehlenden Teil noch ohne Schwierigkeiten weiterleben konnten. Dafür Kronen zu bekommen, war gänzlich ausgeschlossen.

Als die Vorstellung schließlich spektakulär mit dem feuerspeienden kleinen Drachen Grisu geendet hatte, wurde ich eines Besseren belehrt. Schreie und aufgeregte Rufe nach dem Doc, einem Sicherheitsbeamten oder nach Hilfe im Allgemeinen kamen plötzlich aus dem Foyer. Mit weichen Knien folgte ich den Plüschs nach draußen. Den starren Blicken der anderen folgend, sah auch ich nach oben. Theobald trudelte unter der Decke hin und her. Immer wieder drehte er sich, wandte seinen aufgerissenen Blick mal zu mir, mal von mir ab. Erst als ich seinen Rücken zum dritten Mal sehen konnte, hielt er an.

Resolut hatte der Braune sich den Tisch, den wir für den Ticketverkauf nutzten, durch die erschrockene Plüschmenge geschoben. Nun stand er darauf und hielt die Füße der Giraffe fest. Dann stemmte er ihn hoch. Ich drängte mich zu ihm durch, kletterte ebenfalls auf den Tisch. »Nimm das Seil ab«, befahl er mir trocken. Die nüchterne Geschäftigkeit des Braunen bewahrte mich davor, nachzudenken. Ich fasste beherzt an den Knoten und zog und zerrte. Er klemmte. Natürlich, Theobald hatte ihn mit seinem Gewicht zusammengezogen. Ich schaute über die Menge und rief: »Miriam, ein Messer!« Ich hätte es mir denken können, dass sie es mir nicht einfach so hinüberreichen konnte. Direkt neben meinen Pfoten durchtrennte eine fliegende Klinge das Seil. Jemand klatschte. Vielleicht hielten sie es alle für eine große Show.

Wir wären kein Varieté, wenn wir nicht improvisieren könnten. Carlos, der eigentlich Klaus hieß, stieß ein paar Fanfarenstöße durch seinen Rüssel, wie er es auch immer

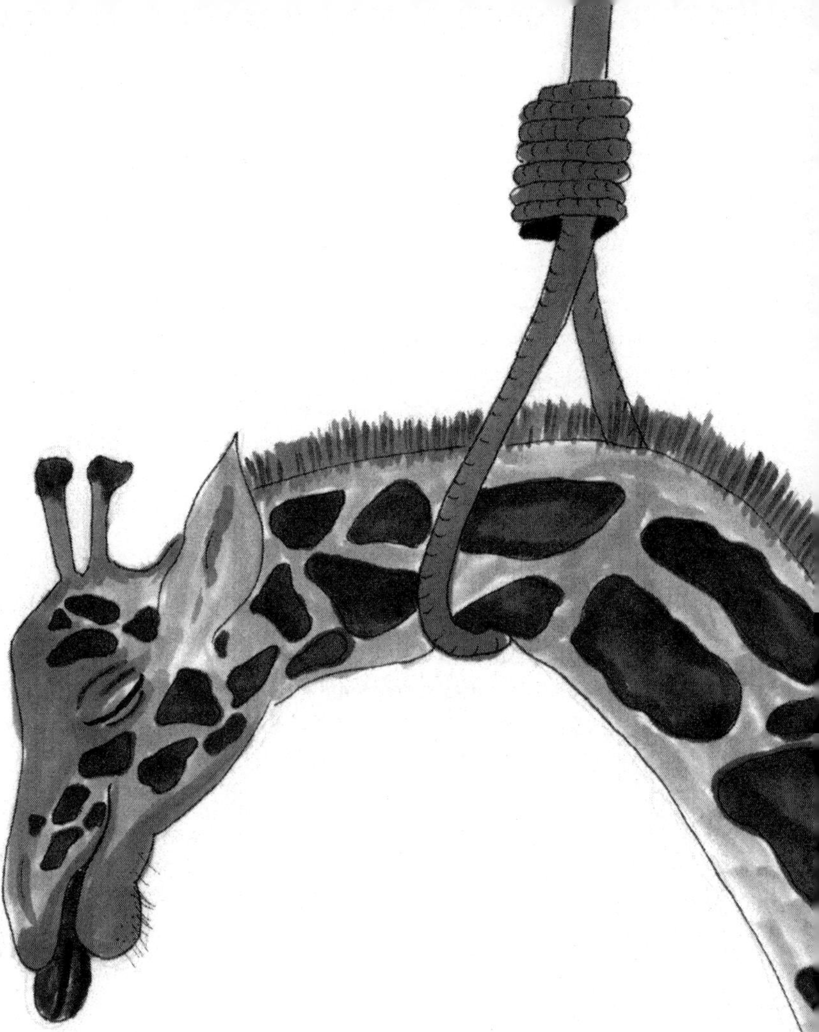

zwischen den verschiedenen Akten tat. Miriam legte mit drei weiteren Messern nach, die sie in den Kronleuchter warf. Ich sah, wie ein paar unserer Artisten zu klatschen begannen und damit die Menge ansteckten. Jemand warf eine bunte Decke über Theo, als sei es Teil der Show. Carlos, der eigentlich Klaus hieß, trompetete noch einmal, der Braune und ich verneigten uns und ich wünschte mit lauter Stimme allen Anwesenden einen schönen Abend!

Als endlich die letzten Gäste gegangen waren, hatte sich die Crew um den Tisch versammelt. »Chratte er nicht so wild gestikuliert während der Vorstellung?«, fragte Miriam mit ihrem Künstlerakzent. Ich nickte und schwieg. Jetzt von den Babes und seinen Problemen zu erzählen, würde seinem Ruf nur nachträglich schaden.

»Was wollte er denn von dir?«, knurrte der Braune, dem anscheinend nicht entgangen war, dass ich der Letzte war, mit dem Theo gesprochen hatte. Mist. Erwartungsvoll blickten nun auch die anderen zu mir. »Er sagte, er hätte Probleme«, wich ich aus. »Ich habe ihn auf nach die Vorstellung vertröstet. Ich wünschte, ich hätte mir die Zeit genommen.«

»Ich chabe ihn umgebracht!«, stöhnte Miriam auf und sank in die Arme des frisch frisierten Zorros. Vorsichtig schaute ich mich um, ob vielleicht SIE in der Nähe war, damit ich ebenfalls ein wenig in den Arm genommen werden konnte, denn genau danach fühlte ich mich. Sie war zwar da, aber sie hielt Eve vorsichtig in ihren Pfoten und tröstete sie. Die kleine Fledermaus war höchst aufgewühlt und ihr kleiner Körper bebte vor Schluchzern. Der Braune musterte mich noch immer und runzelte die Stirn. Ich machte ihm ein Zeichen, dass ich es ihm später erzählen würde und er beließ es schließlich dabei.

Der Doktor kam mit seinem bedächtigen Hoppelgang herein. Er hätte bei uns ohne Schwierigkeiten als Clown anfangen können, als Känguru brachte er die großen Füße mit. Wir wichen zurück, damit er zu Theo, der noch immer unter dem bunten Tuch lag, herankommen konnte.

Es blieb auch nach der Untersuchung ein Rätsel, wie Theobald es geschafft hatte, sich zu erhängen. Natürlich fiel der Verdacht auf die Babes. Aber alle vier versicherten, irgendwo anders gewesen zu sein und tatsächlich hatten einige Zeugen sie auch gesehen. Aber welches Babe genau, das konnte niemand so richtig sagen.

# KAPITEL ZEHN

*»Wir denken selten an das, was wir haben,*
*aber immer an das, was uns fehlt.«* (Schopenhauer)

Wind zog durch die Gänge des Abstellgleises und quälte Panthers Gelenke. Wir lagen, eng in unsere Decken geschlungen, beim Feuer und warteten hoffnungsvoll darauf, dass das Traumland seine Pforten öffnete. Vielleicht waren wir noch nicht so abgebrannt, wie wir dachten. Vielleicht kreisten noch Reste von Schok durch unsere Fäden.

Ich hatte es mir wirklich fest vorgenommen, dieses letzte Mal einen Qualitätstraum zu kaufen. Ich hatte eines von den schönen, wohlriechenden Paketen genommen, da es nicht mehr reichte, um mein Abo zu verlängern. Eines, das Glück, ein warmes Gefühl im Bauch und ein wenig Honig versprach. Ich hatte die Packungsbeilage sehr genau studiert. Ich hatte nach dem Kleingedruckten geschaut und auch die Altershinweise sorgfältig durchgelesen.

Ich war mir sicher, dass ich das hier nicht gewollt hatte. Ich hatte mir Honig satt versprochen, mit Milch und Knusperflocken. Und nicht das hier! Ich wollte das hier nicht.

»Ich will es zurückgeben! Hallo?« Ich fühlte mich ganz klein. War ich womöglich den falschen Traumdealern in den falschen Laden gefolgt? Hatte ich irgendeinen Warnhinweis auf der Verpackung übersehen? Vielleicht stand darauf, dass man es niemals nach dem Abendessen träumen sollte? Ich konnte mich nicht dran erinnern. Vielleicht war es auch eine Fälschung gewesen. Ein Plagiat, bei dem jemand den gesamten Text ohne Kennzeichnung von einem Original abgeschrieben und absichtlich falsch aufgeklebt hatte. Doch wer tat so etwas? Jeder, der eine anständige Plüschseele hatte, wusste, wie gemein das war. Und gemein war man nicht. Ich stampfte auf und das Echo verhallte, ohne dass sich jemand meiner Beschwerden annahm. Was für ein Saftladen. Ich wollte nicht sehen, was um mich herum geschah. Der kurze Moment des Schreckens, der Realisierung meines möglicherweise fatalen Fehlkaufs wollte nicht in meinen Kopf. Da war ich mir mit meinem Bewusstsein absolut und mit der Gewissheit eines U-Bahn-Gleises einig. Nichts ist beständiger als ein U-Bahn-Gleis. Es führt immer in die eine, richtige Richtung. Es verändert nicht die Form. Es schmiegt sich an die Bahn an, streichelt sie und vibriert mit freudiger Erwartung, wie eine schnurrende Katze. Es ist nie einsam, immer mit einem Partner eng verbunden. Gemeinsam für die Ewigkeit gebaut. Ein Gleis hielt nichts auf. Ein Gleis war ein unverrückbarer Fixpunkt in der Welt.

Es half alles nichts. Ich musste mich dieser Traumrealität stellen. Musste mit beiden Lampen in den dunklen Tunnel fahren. Vorsichtig zog ich eine Pfote von meinen Augen, dann die andere. Ich brauchte eine Weile, um zu begreifen, dass ich noch immer nichts sehen konnte. Ich öffnete das rechte Auge kurz und kniff es wieder zu.

Ich riss sie auf. Er bröckelte wirklich! Ein Traum von so schlechter Qualität, dass er an den Rändern schon bröckelte. Die Plattform, auf der ich stand, war viel zu klein.

Wenn die Steine weiter in einem solchen Tempo hinabstürzten, dann war ich schneller verloren, als ein heruntergefallener Hut neben einem Fundbüro. Ich wusste nicht weiter. Zu schreien war keine Option, zu brüllen und zu toben wohl noch weniger. Ich hatte schon viel zu viel wertlose Zeit damit verbracht, mir darüber Gedanken zu machen, wie es zu diesem Fehlkauf gekommen war, als wie ich ihn wieder halbwegs unbeschadet verlassen konnte. Auch wenn ich gerade beschlossen hatte, dass es keine Option war, brüllte ich:

»Ich möchte diesen Traum nicht. Ich reklamiere!!« Mit jeder Silbe wurde ich mir des Chaos' um mich herum mehr und mehr bewusst. Der Boden wurde mir unter den Füßen weggerissen. Der Wind zerrte wie ein Wahnsinniger an meinem Fell und hob mich aus dem Gleichgewicht. Das war ein Mist mit diesen Low-Budget-Träumen! Die Steine unter mir waren nun schon so weit fort, dass ich nach unten sehen konnte. Gerne hätte ich hier in diese ominöse, gähnende Schwärze geblickt. Doch dieser Alptraum war noch eine Nummer härter. Zeug, das niemals auch nur in die Nähe einer Alters- oder Plüschkontrolle gekommen war. Die Masse unter mir bestand aus cremigem Weiß, das blasenschlagend blubberte. Ich konnte die chemischen Dämpfe riechen!

»Kleber!!! Niemand kann so gemein sein!« So wollte ich mein Bärenleben nicht beenden. Als der letzte Stein unter meinen Pfoten brach, schloss ich meine Augen.

Langsam war es symptomatisch, dass ich aufwachte und die nasse Pfote vom Braunen in meinem Gesicht hatte. Vehement zog er an meinem Ohr herum, als wollte er es nicht nur kneten, sondern zu einem Paket falten und verschicken.

»Ich bin wach, ich bin wach«, wehrte ich verzweifelt seine Pfote ab.

»Du bist wieder den falschen Dealern gefolgt, was? Den mit den schicken Anzügen, den gut sitzenden Krawatten und den Manschettenknöpfen aus Gold?« Der Braune schnaubte verächtlich, als ich nur hilflos nickte.

»Wie oft soll ich dir noch sagen, dass nur die bunten Dealer die guten Träume haben. Es ist so wie beim Einkaufen«, fuhr er mit seiner Predigt fort. »Es kommt auf den Inhalt an und nicht auf das Etikett.« Und weil er mir meinen Fehler scheinbar noch nicht genug unter die Nase geschmiert hatte, zitierte er auch noch einen der großen Alten: »Die Plüschs drängen sich zum Lichte, nicht um besser zu sehen, sondern um besser zu glänzen. Klammer auf, leicht abgewandelter Nietzsche, Klammer zu.« Dann fasste er mich mit einem ernsten Blick: »Das Leben schenkt Dir nichts. Nimm es endlich hin.«

Was sollte ich da noch erwidern? Vielleicht hätte ich noch mit einem Zitat des dritten großen Alten kontern können, aber ich war noch immer zu benommen. Die Vorstellung, in Kleber zu versinken, schnürte mir jetzt noch die Kehle zusammen. Mein Fell wäre schwerer und schwerer geworden, hätte der Traum angedauert. Je mehr ich mich bewegt hätte, umso mehr wäre es zu einem großen Klumpen verklebt und hätte mich unweigerlich in die Tiefe gezogen. Kleister hätte schließlich, wenn ich nicht mehr anders gekonnt hätte, in meinen Mund eindringen können, sich in meinen Lungen versammeln und mein Herz zum Stillstand gebracht.

Dann sah ich den Braunen etwas genauer an. Das Weiß seiner Augen war von kleinen Adern durchzogen, einige waren mit einer winzigen Fontäne geplatzt. Ich rechnete eins (der Braune war wach genug gewesen, mich zu wecken) und eins (sein Fell wirkte knittrig) zusammen.

»Du hattest auch einen mit falschem Etikett, oder?«

»Mhh.« Der Braune warf nachdenklich ein Stück Pappkarton in die kleine Feuerdose.

»Du hast dich auch übers Ohr hauen lassen, was?«, bohrte ich meine Mutmaßung tiefer in sein Fell hinein. Immerhin hatte er mir dann gerade eine Predigt für etwas gehalten, das ihm selbst passiert war.

»Mhh!« Ich war zu müde, um in triumphierendes Gelächter auszubrechen, und außerdem wurden wir nun von einem schreiend erwachenden Panther gestört. Ihn hatten die falschen Traumdealer also auch erwischt. Schnell waren wir bei ihm und reichten ihm ein Bonbon.

Zucker war nur ein schwacher Ersatz für Schok, aber es beruhigte die Nerven. Panther hatte sich in eine der löchrigen Decken eingewickelt. Das feuchte Moos hinterließ dunkle Flecken auf dem Stoff, als er sie dagegen drückte. In Nächten wie diesen roch er noch modriger als sonst. Auch dem Braunen schien der Zustand von Panther nicht zu gefallen, er rieb sich mit dem Arm über den Kopf und starrte eine Weile schweigend in die Flammen. Plötzlich trat er gegen die Dose und das Licht flackerte zornig in seinem Gesicht auf.

»Was für eine abgewrackte Welt. In der Krüppel wie ich nur in ihrem verfluchten Traum noch vollständige Bären sind! Da drüben im Traumland kann ich wenigstens meinen Job machen. Kann Damen in ihre Mäntel helfen und Herren ihre Spazierstöcke reichen. Rüpel aus dem Saloon befördern und mit zwei Colts schießen!« Der Braune hatte sich von uns abgewandt und brummte vor sich hin. In dieser Stimmung würde ich lieber alle Zitate des dritten großen Alten aufsagen wollen, als ihn zu unterbrechen.

»Schaut Euch doch um!« Der Braune sprach nicht wirklich zu uns. Er starrte durch uns hindurch, als hing er noch immer in seinem Fehlkauf fest. »Hier ist für Krüppel einfach kein Platz. Hier bleibt uns nur der Weg als Bittsteller, um Mitleid zu heischen und die Brotkrumen der Samariter aufzusammeln. Niemand will uns haben! Wir sind Opfer, weil wir Krüppel wurden und Opfer, weil wir Krüppel sind. Opfer des Mitgefühls. Der Blicke, die sich aus Unsicherheit von uns abwenden, der schüchternen Blicke, die erst zu unseren Fehlern und dann zu unseren Augen gehen. Es vergeht kein verdammter Tag, an dem man nicht an seine Schande erinnert wird. Seinen Fehler nicht bereut. Und dann ... dann ist man selbst zu arm und zu abgewrackt, um sich ein wenig Glückseligkeit kaufen zu können und einen verfluchten Traum zu genießen. Einen, in dem die Welt und der Bär noch heile ist. Wo Freunde sich nicht aus Verlegenheit abgewendet haben. Wo Tage vergehen ohne geheuchelte Versicherungen, dass man ja noch immer der gleiche Bär sei. Wo ich noch meiner Arbeit nachgehen kann. Nicht wie hier. Wer nimmt schon einen Türsteher ernst, der nur einen Arm hat?!« Wieder trat er kräftig gegen die Tonne.

Bei seinem endlosen Lamento wurde ich ganz zornig, tief in meinem Bauch. Als ob er der Einzige war, der Verluste hatte hinnehmen müssen. Als ob er der Einzige war, der in den Träumen ein schöneres Leben führte als hier. Ich kannte den Abotraum von Panther nicht, aber ich war mir sicher, dass er dort weder von Moos noch von Stockflecken überzogen war. Ich glaube, dort hustete er nicht rotes Futter und er humpelte sicherlich auch nicht, weil er von Gicht geplagt war. Vielleicht hatte er dort all seine Freunde um sich, die er hier so schmerzlich vermisste. Ich hatte auch überlegt, ob ich SIE in meinem Traum auftauchen lassen sollte, doch ich hatte mich dagegen entschieden. Es war einfach nicht das Gleiche, als wenn ich ihr unvergleichliches Fell, ihre Eleganz, ihr Lächeln im Licht der Bühne sehen konnte. Es hätte mich einfach zerbrochen, jeden Morgen aufzuwachen und mit der Realität zu kollidieren.

# KAPITEL ELF

»Na, die Herren haben es sich ja gemütlich eingerichtet.« Ich muss nicht erwähnen, dass wir alle zusammenzuckten, als die Stimme einer Frau in unserem Allerheiligsten ertönte. Es waren drei Dinge, die zu diesem Schrecken führten. Erstens: Unser Abstellgleis war nicht für Besucher gedacht. Zweitens: Unser Abstellgleis war eigentlich auch nicht für Frauen zugelassen. Jedenfalls hatten wir dies so in unserem gemütlichen Manifest festgelegt, auch wenn ich dieses Gebot ja mit Hase sowieso schon gebrochen hatte. Und drittens: Sie war ein Babe! Ich glaubte, es war Tinker mit ihren grünen Strähnen. Sie war tatsächlich mit ihren High Heels über das Gleisbett, die Steine und die Gleise selbst zu uns gestakst. Sie bohrte ihren Absatz in unseren Grund und Boden. All das tat sie mit einem derart angewiderten Gesichtsausdruck, dass ich mich schämte, zu existieren.

Tinker trat zwischen einigen Kartons näher, die wir dort ausgelegt hatten, um ... also, weil sie da lagen. Panther meinte, es sei wichtig, für kalte Tage genügend Pappkartons in Reichweite zu haben.

»Was denn? Keine freundliche Begrüßung? Kein Willkommen? Kein Platz am Feuer?« Tinker hob ihre wohl geformten Augenbrauen empor, als hätte sie es stundenlang vor dem Spiegel geübt. Dann musterte sie uns streng, einen

nach dem anderen. Panther war es schließlich, der ihr einen Platz an der Feuerdose anbot. Sie lehnte ab.

»Was können wir denn für dich tun?«, fragte ich vorsichtig, da die anderen mich so erwartungsvoll ansahen.

Tinkers geballte Aufmerksamkeit sammelte sich bei mir. Ich war plötzlich ein Eindringling in meinem eigenen Heim. Vielleicht wäre ich irgendwie wortgewandter gewesen, wenn die Nacht nicht so mies verlaufen wäre. Der Braune gähnte hinter vorgehaltener Pfote.

»Müde?« Tinkers Stimme klebte wie Marmelade. »Ist scheiße so ohne Zigs, hm?«

Ich widerstand dem Drang zu nicken, und auch Panther und der Braune rissen sich zusammen. Bloß keine Schwäche zeigen.

»Also machen wir es kurz. Candy hat ein Angebot für Euch.« Tinker holte eine Packung Zigs aus ihrer Tasche und hielt sie empor. Langsam nahm sie eine heraus und steckte sie sich in den Mund. Die Plastikfolie ließ sie achtlos auf den Boden fallen. Mir lief das Wasser im Mund zusammen, als ich sah, wie sie die Schok genüsslich auf ihrer Zunge zergehen ließ.

»Was will sie?«, knurrte der Braune.

»Ihr habt doch sicher schon von den Jagden gehört?« Wir nickten verhalten. Nach allem, was ich gehört hatte, waren die Jagden eine gefährliche Sache. Vor allem für die Beute. Candy veranstaltete für die gelangweilte High Society der Plüschs solche Events. Bei einer Jagd gab es eine Beute und einige Jäger, die innerhalb einer bestimmten Zeit zueinander finden mussten – oder halt auch nicht. Die Reichen und besonders Plüschigen unter uns wetteten auf den Ausgang. Es ging dabei um so hohe Summen, dass mir alleine bei dem Gedanken daran schon schummrig wurde.

»Candy hat gehört, dass die Ratten seit gestern ein neues Plüsch haben. Besorgt es, liefert ihr das Plüsch und ihr bekommt sechs Stangen Zigs.« Tinker deutete mit ihrer Zig zu Panther, der gerade wieder einen Hustenanfall bekam.

»Das sollte reichen, damit der da bis zu seinem letzten Ticket noch ein schönes Abo ziehen kann.«

Panther konnte ein hoffnungsvolles Aufblicken nicht verhehlen. Der Braune schnaubte verächtlich und rieb sich über den Kopf. In mir fuhren die Gefühle U-Bahn. Zwei Stangen Zigs für jeden! Das bedeutete in meinem kleinen Anwesen eine Ewigkeit! Ich könnte die Brunftzeit der Rehe miterleben, den Flug der Wildgänse gen Süden, die langen Sonnenuntergänge im Spätsommer. Mein neuer Schaukelstuhl würde sich so richtig schön einschaukeln können. Die Zukunft meines Abotraumes war gesichert.

»Was macht Candy denn danach mit … diesem Plüsch?«, fragte Panther.

»Das hat euch nicht zu interessieren. Was ist nun? Willigt ihr ein?«

Der Rest war kurz zusammengefasst. Wir warfen alle moralischen, ethischen und sonst wie vorhanden Bedenken sowie den gesunden Plüschverstand über die Gleise und willigten ein.

Erst als Tinker schon lange wieder verschwunden war, dämmerte uns das ‚Ein Plüsch aus den Fängen der Ratten zu befreien' bedeutete, zu den Ratten gehen zu müssen. Wie lebensmüde bitte war das? Unweigerlich musste ich an diesen einen Moment damals denken, an dem nichts, aber auch gar nichts so gelaufen war, wie es sollte.

# KAPITEL ZWÖLF

*»Wir sollten stets eingedenk sein, dass der heutige Tag nur einmal kommt und nimmer wieder.«* (Schopenhauer)

Es war einer dieser besonderen Tage. Die U-Bahn ratterte ausnahmslos mit einem fröhlichen Quietschen über die Gleise. Es war erstaunlich, wie leicht mir alles von der Pfote ging. Das Varieté hatte die nächsten drei Umläufe geschlossen. Wir wollten für die neue Saison alles auf Vorderplüsch bringen. Carlos, der eigentlich Klaus hieß, war dabei, den Geräteschuppen auszumisten und alle alten Sachen für den Kleinkrammarkt zusammenzusuchen. Miriam und Zorro übten sich in neuen, noch dramatischeren Stunts. Der Braune brummte, während er die Bühne neu anmalte, ein Liedchen. Ich hatte heute eine Menge vor. Nicht nur, dass ich mit allen über ihr neues Programm sprechen wollte oder schon geredet hatte. Die Zwillinge zum Beispiel, Bib und Bob, hatten eine wirklich wahnwitzige Idee mit einem Kopfhörer, einem Ventilator und einem Spielzeugauto. Ihre Euphorie hatte mich angesteckt. Gut gelaunt beobachtete ich, wie Miriam und Zorro eine drehende Dartscheibe mit Messern perforierten. Es war, als ginge ich auf Wolken, jedenfalls fühlten sich meine Beine so an. Das war kein Wunder, denn heute wollte ich sie stellen: die Frage der Fragen.

Ich war nervöser als vor meiner ersten Vorstellung. So genau wusste ich auch noch immer nicht, was ich sagen würde. Und das passierte mir, dem redegewandten Ansagebären. Nie um einen Spruch, einen Witz oder ein paar Anekdoten verlegen. Und jetzt, in einem so wichtigen Moment, sollten mir tatsächlich die Worte ausgehen. Ich atmete tief durch, sodass ich das wohlige Grummeln meines Magens tief in mir fühlen konnte. Heute beruhigte es mich nur ein wenig. Die Zwillinge stimmten gerade ein Kinderlied an und wiederholten lachend immer wieder den Refrain. Ich habe keine Ahnung, worum es ging, aber sie hatten sichtlich viel Spaß daran. Sie hielten sich bei den Flügelspitzen und lachten laut, während sie sich im Kreis drehten wie Welpen. Ich atmete noch einmal tief und durchdachte die ganze Szene.

Ich würde hoch zu ihr ins Büro gehen. Leise anklopfen. Sie würde mich mit ihrer warmen Stimme hereinbitten. Vermutlich saß sie am Schreibtisch und las. Ich würde meinen Chapeau Claque abnehmen und sie mit einem tiefen Blick in die Augen erfassen. Ihre langen Wimpern würden ihre Augen zur Hälfte verdecken und sie würde mir ein Lächeln schenken. Dann würde ich eintreten, den Zylinder in der linken Hand. Mit der rechten die Tür schließen. Den Hut auf den Tisch legend, würde ich vor ihr auf die Knie gehen, den Ring aus der Tasche ziehen und die Worte finden, die mir gerade nicht in den Kopf kommen wollten. Aber ich war schließlich der Ansager, ich würde die richtigen Worte finden.

So schwer war das doch nicht. Ich atmete noch einmal tief durch und begab mich zur Treppe. Ich stieg hinauf. Möglichst langsam, um sicherzugehen, dass mir vor Aufregung die Beine nicht wegbrachen. Sie zitterten, als stünde ich auf Gleisen.

Die Tür war geschlossen. Soweit lief also alles nach Plan. Ich hörte Geräusche, aber keine Stimme. Sie war allein. Ich hätte es jetzt nicht verkraftet, wenn ich unverrichteter Dinge hätte gehen müssen, weil sie gerade Besuch hatte. Ich klopfte. Viel zu leise. Wartete. Vermutlich hatte sie es nicht gehört. Ich wollte aber auch nicht sofort noch einmal klopfen. Wenn sie gerade indisponiert war, es aber doch gehört hatte, dann war sie jetzt vielleicht schon dabei, mich hereinzubitten. Ich wollte nicht unhöflich sein. Ich ließ einen Kurzzug verstreichen und endlich wurde die Tür aufgerissen. Da stand sie, die weiße bezaubernde Bärin meiner Träume und starrte mich überrascht an.

»Äh ...«, stammelte ich.

»Regenbogen!« Sie lachte. »Dich habe ich gerade gesucht!«

»Äh ...« Ich zwang mich, irgendetwas Sinnvolles zu sagen. »Ich wollte auch zu dir! Was ein Zufall!« Das war ausgemachter Blödsinn war, denn schließlich stand ich vor ihrer Tür.

»Ja wirklich! Das Schicksal ist ein Fuchs! Komm´ doch rein. Ich will dir etwas Wunderbares mitteilen.«

Sie zog mich hinein. Mein Zylinder saß noch immer auf meinem Kopf. Ihre Augen strahlten, wie ich es noch erlebt hatte. Da würde meine Frage wohl noch einen Augenblick

Zeit haben. Ich folgte ihr also in ihr Zimmer. Ein Rucksack stand mitten auf dem Teppich, ihre Schränke waren aufgerissen und einige der schönen Roben hingen über Stuhllehnen und Schranktüren.

»Ich habe einen Brief bekommen!«, fuhr sie fort. Sie nahm sich nicht einmal Zeit, sich hinzusetzen, sondern lief aufgeregt durch ihre Zimmer. Ihr Parfüm umflog mich wie ein Schwarm Schmetterlinge und ich war ganz benommen.

»Äh.« Wo war nur mein Wortwitz hin? Ich fühlte mich wie ein junger Bär, noch mit Flaum hinter den Ohren. Ich nahm erst einmal den Hut ab. Mist. Falsche Pfote.

»Ich habe eine Einladung an den Broadway!«, platze sie heraus.

»Äh ... das ist eine ganz schön lange Reise um eine Vorstellung anzusehen.«

»Nicht ansehen Regenbogen, teilnehmen! Sie wollen, dass ich den Gesangspart übernehme. Ich werde dort die erste Stimme singen!« Ihr weißes Fell glänzte wie Schnee in der Sonne.

Sie umarmte mich. Wie gelähmt nahm ich wahr, dass ich sie drückte.

»Ich freue mich so! Ich könnte tanzen und schreien. Den ganzen Tag!«

Sie drückte mich so fest an sich, dass ich ihr Herz fühlen konnte. Es war, als ob sie einen Vogel in ihrer Brust eingesperrt hätte. Ich erwiderte die Umarmung mechanisch.

»Wie willst du denn hinkommen?«, fragte ich vorsichtig.

»Ich habe eine Passage in einer Zugführerkabine bekommen. Sie haben sie gleich mitgesandt.«

Ich schluckte; so eine Zugführerkabinenfahrt war sehr begehrt. Es gab sogar Schmuggler, die Plüschs darin transportierten, immer nur sehr wenige, damit sie zwischen den Fundsachen nicht auffielen. Ich wusste, dass so eine Überfahrt sehr teuer war und mir war auch klar, dass sie kein Ticket für zwei haben würde.

»Ich werde euch so vermissen!« Sie drückte mich noch einmal fest an sich, als sei dies der Moment des Abschieds. Ich sah ihre Freude, ihr Glück, und ich war so wütend darüber. Wie konnte sie unsere gemeinsame Zukunft so wegwerfen? Der innere Bär in mir meldete sich zu Wort, dass sie ja noch nichts von unserer gemeinsamen Zukunft wusste, da ich bisher immer zu feige gewesen war, darüber zu sprechen. Jetzt war der Moment verflogen. Geflohen, wie ein feiger ... wie ein feiger Bär. Ich stand da und stammelte:

»Das ist ja unglaublich!«, und meinte es auch genauso.

»Was ist denn?« Sie musterte mich mit leicht schief gelegtem Kopf. Ihre Stimme war so samtig wie ihr Fell. Ihre Augen so glücklich, als glühten alle Sterne des Universums darin. In meinem Hals kratzte es, so sehr hatte es mir die Sprache verschlagen. Als hätte ich kalten, beißenden Rauch eingeatmet, den Rauch des niedergebrannten Feuers meines Herzenswunsches. Der Ring in meiner Tasche kam mir so kalt vor, als würde ich ihr damit eine schwere Kette anlegen. Was waren wir hier mit unserem mickerigen Varieté gegen den Broadway.

»Regenbogen? Was ist so unglaublich?«

»Das ... das wir dann ja jetzt eine Abschiedsfeier feiern müssen! Mit allem Drum und Dran. Ich habe gar keinen Text dafür! Ich werde mir etwas ganz besonders ausdenken!«, stammelte ich und merkte erst danach, dass ich einen ganz schönen Mist vor mich hinmurmelte. Doch bei ihr schien es genau den Nerv getroffen zu haben:

»Oh das ist so lieb, dass du das sagst! Wie schön! Ich bin froh, dass du so ein guter Freund bist und mein Glück mit mir teilst! Du denkst zuerst an mich und nicht an das Varieté! Danke!« Sie fiel mir noch einmal um den Hals.

Da waren diese Worte. Diese zwei Worte, die aus einer Hoffnung Staub werden ließen. ‚Guter Freund'. Das sagten Frauen, wenn sie deutlich machen wollten, dass sie dich zwar ganz nett fanden, aber lieber mit jemand anderem ein Nest bauen wollten. Ich hatte das schon öfter gehört. Ich sei ein so toller Kumpel, ein so guter Zuhörer – ein Bär, bei dem sich jede Frau glücklich schätzen konnte, wenn sie mit ihm zusammenkäme. Alles höfliche Arten, mir einen Korb zu geben. Ich sagte noch irgendetwas Belangloses und ging. Jetzt musste ich erst einmal meine persönliche Abschiedsparty feiern. Ich dachte dabei an meine Freunde Gin und Tonic.

# KAPITEL DREIZEHN

*»Für eine gelungene Rede gebrauche gewöhnliche Worte und sage ungewöhnliche Dinge.«* (Schopenhauer)

An diesem Abend gab es keine öffentliche Vorstellung. Wir nahmen gebührend und nur für uns Abschied. Wir hatten unseren feinsten Zwirn angezogen, die Bühne blitzblank poliert und waren allesamt aufgeregter als sonst. So eine private Vorführung war etwas Besonderes. Jeder versuchte, die anderen mit neuen Tricks zu beeindrucken. Niemand wollte sich einen Fehler erlauben und sich somit der Lächerlichkeit preisgeben. Vor Zuschauern einen Fehler zu machen, das war eine Sache. Da lachten wir nachher hinter dem Vorhang und amüsierten uns darüber, wie gut wir es hinbekommen hatten, dass es niemand merkte. Aber hier … Hier saßen nun Profis im Publikum. Alte Showhasen, die die einfachen Kniffe und die komplizierten Schachzüge kannten, mit denen plüsch gewöhnliche Zuschauer einlullen konnte.

Das Licht ging aus und nur ein kleiner, runder beleuchteter Punkt auf der Mitte der Bühne wartete darauf, gefüllt zu werden. Dort war mein Platz. Ich war der Ansager, für eine Karriere als Schausteller hatte es bei mir einfach nicht gereicht. Ich wusste, dass ich es gut konnte, die Zuschauer durch den Abend zu führen, aber im Grunde labte ich mich nur an dem Erfolg anderer und nahm den für sie bestimmten Applaus als meinen wahr. Es war ein guter Job, aber er erfüllte mich nicht zur Gänze.

Heute fühlte es sich ganz schrecklich an, als würde ich mir selbst eine Stricknadel ins Fell stoßen. Aber: The show must go on! Ich trat nach vorne in den Lichtkegel und verbeugte mich lang und tief – ein Trick, um mich zu beruhigen. Als ich wieder aufsah, war mir ein wenig schwarz vor Augen, sodass ich gar nicht mitbekam, wer alles im Publikum saß. Das war, zugegebener Maßen, kein Trick.

»Meine Damen und Herren, werte Freunde. Ich heiße euch heute hier im Varieté der tausend Möglichkeiten herzlich willkommen. Heute Nacht werden Träume wahr. Heute Nacht werden wir die Sterne herab holen und Sonne und Mond auf ihrer Bahn irritieren. Heute Abend werden wir sehen, was nie zuvor je ein Plüsch gesehen hat. Ich freue mich, euch Evelyn und Adam ankündigen zu dürfen. Lasst euch von ihnen verzaubern.« Ich verneigte mich noch einmal. Dieses Mal nahm ich den Zylinder ab, schwenkte ihn elegant einmal um mich herum, drehte mich dabei ebenfalls und verließ die Bühne in dem Moment, in dem das Licht ausging. Wenn bis eben schon Spannung in der Luft gelegen hatte, die man schneiden konnte, so hatte sie sich jetzt zu einer Masse verdichtet, die man wohl als Anker an ein Schiff hätte hängen können.

Ich tupfte mir die Stirn ab und wartete. Ich konnte im fahlen Licht ein wenig Bewegung auf der Bühne wahrnehmen und hörte ein paar Geräusche. Als die Scheinwerfer wieder angingen, stand Adam regungslos in der Mitte, aufgerichtet wie ein Spazierstock. Nur seine Schwanzspitze berührte das Holz – eine anspruchsvolle Eröffnung. Sein

Schuppenfell glänzte in tausend Farben, als drei Scheinwerfer um ihn zu kreisen begannen.

Wie von Zauberhand hob er vom Boden ab. Mit atemberaubender Langsamkeit begann er, sich zusammenzurollen, sodass er wie eine schwebende Mohnschnecke aussah – wobei es sich um eine sehr elegante, wunderschön glänzende Mohnschnecke handelte. Und dann, als die Schnecke perfekt war, schnalzte er mit der langen gespaltenen Zunge und schnellte wieder auseinander. Nun befand sich seine Schwanzspitze oben in der Luft und es sah so aus, als balancierte er sein gesamtes Gewicht auf seiner ausgestreckten Zunge. Eine sagenhafte Illusion! Zwar sahen wir alle die dünnen Fäden, die an seinem Gürtel festgemacht waren, doch machte es die Immersion einer fliegenden Schlange nicht kaputt; viel eher lud sie ein, hinter das Geheimnis zu kommen. Doch Evelyn und Adam machten es ihren Zuschauern nicht leicht. Die Schwanzspitze von Adam begann nun, ganz langsam zu rotieren. Die Kreise wurden immer größer – schließlich so groß, dass eine Umrundung fast so breit war wie die ganze Bühne.

Ich konnte in den Gesichtern der Zuschauer sehen, dass sich alle fragten, wie die beiden das angestellt hatten. Adam schraubte sich immer höher und höher. Sein Kopf drehte versetzt mit dem Schwanz seine Runde, wie eine Sanduhr. Adam war nun sicherlich so weit oben, dass ich ihn nur noch mit ausgestreckter Pfote erreichen konnte; dann hielt er an. Ich sah, wie sehr er seine Muskeln dafür anstrengte. Mit einer atemberaubend schnellen Drehung raste er wieder hinunter auf den Boden. Ehe wir die Luft, die wir vor Schreck angehalten hatten, wieder loslassen konnten, landete er fast mit dem Kopf auf der Holzplanke. Einen Wimpernschlag später lag er seelenruhig unten auf dem Boden in seiner Schlangenpose. Er grinste zufrieden, als er unsere erstarrten Gesichter sah. Wir applaudierten frenetisch. Sogar der Braune klatschte begeistert seine Pfoten aneinander. Was für ein Manöver. Was für ein Kunstwerk. Sie hatten tatsächlich den Mut gehabt, das nahezu unsichtbare Seil am Ende zu durchtrennen. Was für ein Nervenkitzel!

Neben Adam landete Evelyn am Boden. Die kleine Fledermaus grinste über das ganze Gesicht. Beide stupsten sich mit den Nasen und verneigten sich dann. Was für ein Traumpaar die beiden doch waren!

»Unglaublich! Unglaublich!« Ich trat zu den beiden ins Licht und applaudierte noch immer. »Sagenhaft! Meine Freunde, das wird einer der großen Showacts in der nächsten Saison. Ich denke, wir können uns die anderen Vorführungen sparen. Wie ist denn das noch zu toppen!« Ich grinste und die Zuschauer spielten mein Spiel mit, indem sie empört antworteten:

»Ach Du weißt doch gar nicht, was noch kommt, Regenbogen!«

»Mach mal halblang! Der Abend ist noch nicht zu Ende!«

Ich hob abwehrend die Pfoten: »Na gut, na gut, dann lasst uns zum nächsten Akt kommen! Vielen Dank euch zwei für diese wirklich atemraubende Eröffnung des Abends. Dahinten, wo die Zwillinge eben noch saßen, sind gerade zwei gute Plätze frei geworden, denn nun«, ich erhob die Stimme ein wenig mehr, »Meine Damen und Herren, denn nun ist es Zeit für die kritische Stimme unserer Gesellschaft, für die zaghaften Versuche, durch Worte die Geschicke der Welt zu verändern. Nun ist es Zeit für die Wahrheit im Doppelpack. Applaus bitte für Bob und Bib!«

Als die beiden Enten auf die Bühne watschelten, hatte ich nur Augen für SIE. Ich kannte die schlechten Scherze der beiden aus den Proben und hatte sie schon beim ersten Mal nicht lustig gefunden. Wie sie dasaß und mit wachen, aufmerksamen Augen das Geschehen auf der Bühne verfolgte. Sie lachte, auch wenn die Witze niveaulos waren, sie freute sich, selbst wenn die Zwillinge mal wieder eine ihrer Pointen verdarben. Ihre langen Wimpern blinzelten gegen das Scheinwerferlicht und sie war einfach bezaubernd. Aufrecht und wunderschön, so als läge ein Hauch von Blütenstaub über ihrem glänzenden weißen Fell.

»Und dann sagt der Gecko: Ich weiß nicht, ich habe ja gar nichts sehen können, weil ich unsichtbar war!«

Auffordernd sahen die beiden Enten zu uns in die Runde.

»Na, habt ihr‘s verstanden? Er ist unsichtbar!«, betonte Bib noch einmal unnötigerweise. Der Braune verdrehte die Augen. Ein Witz, der erst erklärt werden musste, war misslungen; daran gab es nichts zu rütteln. Sie hingegen lachte laut auf und klatschte begeistert. So euphorisch, dass die anderen nach und nach einfielen und Bib und Bob vor Freude rot anliefen. Sie war so reizend. Sie wollte nicht, dass die beiden sich schlecht fühlten. Und irgendwie riss mich ihre Euphorie mit. Gut, der Witz war nicht einer ihrer besten gewesen, aber er hatte in gewisser Weise Charme. Jedenfalls redete ich es mir ein. Andernfalls wäre ich es gewesen, der ihnen mitteilen musste, dass ihre Show eher nicht den heutigen Standards des Showbiz entsprach. Der Trick war, die beiden so geschickt einzusetzen, dass die Zuschauer vom letzten Akt noch elektrisiert waren und vom darauffolgenden wieder mitgerissen wurden. Und zugleich so früh, dass sie zum einen nicht vor Aufregung hinter der Bühne starben und sich später auch nicht mehr so viele Zuschauer daran erinnern konnten, wie schlecht ihre Witze wirklich waren.

Schnell schwang ich mich wieder auf die Bühne, um den nächsten Akt anzukündigen.

Die Scheinwerfer blendeten mich, dennoch konnte ich die erwartungsvollen Gesichter förmlich spüren. Mir stockte die Stimme. Ein dicker Kloß machte es sich in meinem Hals gemütlich und dehnte sich aus. Im Publikum räusperte sich jemand. Ich fühlte eine innere Erstarrung. Was gab es zu sagen? Wie konnte ich diesen traurigen Moment in Worte fassen? Was konnte ich sagen, wo ich noch immer sprachlos war? Ich gab mir einen Ruck, schließlich war ich der Ansager. Es war meine Aufgabe, etwas zu sagen. Egal was. »Was soll ich sagen?«, stammelte ich. »Der Moment, auf den wir gewartet haben. Den ich ... *wir* vermissen werden. Ein Applaus für die Lady aus dem Eis.«

Und damit war alles gesagt. Ich floh von der Bühne und brachte es nicht fertig, mich zu setzen. Carlos, der eigentlich Klaus hieß, drückte auf den Knopf des Ghettoblasters. Unser ganzer Stolz im Varieté. Es war schwierig an Musikscheiben dafür zu kommen und auch die Energiezellen waren rares Gut. Aber für diesen Auftritt war es das wert.

Ihr weißes Fell glänzte, als stünde sie im Mondschein auf einer Wiese. Sie entfaltete eine Eleganz, als sei sie eine Fee. Sie glitt durch die Luft, als hätte sie Flügel. Ihre Arme umrahmten dabei jede ihrer Bewegungen. Und als sie auch noch begann, zur Musik zu singen, war es um mich geschehen. Tränen liefen mir über das Gesicht. Ihre Stimme war Balsam, der sich wie Honig über einen wunden Hals legte. Ein Engel, nur noch tausend Mal schöner!

# KAPITEL VIERZEHN

*»Man vergisst nicht, wenn man vergessen will.«* (Nietzsche)

Der Vorhang war gefallen und mit ihm meine Laune. Die Beleuchtung der Kneipe war schon etwas älter und flackerte – was den Namen des Ladens erklärte, den wir gemeinsam nach der Vorstellung okkupiert hatten. Irrlicht. Und genauso fühlte ich mich. In unseren letzten Stunden versuchte ich nicht, wie die anderen, ihr nahe zu sein, sondern saß betrübt in einer der stillen Ecken. Ich brachte es nicht über mich, mich von ihr zu verabschieden. Seitdem sie mir diese schreckliche Neuigkeit erzählt und damit meine Absicht, um ihre Pfote anzuhalten zusammen mit meinen Träumen in die Abstellgleise getreten hatte, hatten wir nicht wieder miteinander gesprochen. In meine Brust bohrte sich ein riesiger Stachel, der bis tief in mein Herz vordrang. Ich konnte nicht einmal das Gefühl benennen, das ich empfand, denn dort war einfach nichts mehr. Schmerzhaftes, stechendes Nichts.

Ich beobachtete sie über das Glas eines meiner ungezählten Gins dieses Abends hinweg. Sie enthielten immer weniger Tonic, so wie auch der Abend. Der Braune hatte sich aus Kollegialität zu mir gesellt. Er stellte keine Fragen, sondern kommentierte meinen Zustand und den Abend schlicht mit einem gebrummten »Frauen«. Ich hatte nur genickt. Wie Bienen schwirrten die anderen um sie herum. Unsere Königin. Sie schwärmte vom Broadway, der abenteuerlichen Fahrt dorthin, von all den Chancen, die sich ihr da ergeben würden. Sie träumte von riesigen Bühnen. Dem ganz großen Ruhm, es auf die Titelseiten der Zeitungen zu schaffen und unsterblich zu werden. Ich missgönnte es ihr.

Der Braune und ich gaben uns dem Selbstmitleid hin und bemerkten gar nicht, dass sich um uns herum eine riesige Katastrophe zusammenbraute. Es fing so harmlos an. Bib ging nach draußen, um »zu schiffen«, wie er es laut kommentierte. Sekunden später flog er mitsamt der Tür wieder in die Kneipe hinein. Dann waren sie über uns. Ratten, die Räuber der Meere, der Abgründe. Mit ihren Krallen mähten sie sich durch das Plüsch wie Bauern durch ein Kornfeld.

Der Braune sprang, ganz Träger des goldenen Flaschenkronkorkens, sofort auf. Er schnappte sich einen Barhocker als Waffe und rannte nach vorne zur Tür. Er zertrümmerte das Holz auf dem Schädel zweier Ratten, die gerade versuchten, sich über Bib herzumachen. Adam und Evelyn verteidigten wie ein Plüsch die Theke. Adam wirbelte Evelyn wie ein Geschoss herum und Eve nutzte Adam ihrerseits als Waffe. Selbst das spärliche Licht der Notbeleuchtung kämpfte entschlossen gegen die Dunkelheit. Sie waren überall. Ich kletterte unter einen Tisch, um eine bessere Position zu erhalten. Ich war viel zu feige. Erst als ich den durchdringenden Schrei von meiner Lady gehört hatte, wurde ich wacher. Sie brauchte mich. Jetzt galt es. Wie ein Weckruf, einem Kriegshorn gleich, elektrisierte er mich bis ins Mark. Ich suchte sie in der Dunkelheit. Das Gewicht zweier Ratten in meinem Rücken ließ mich taumeln. Die Biester verbissen sich in meinem Fell und ihre kleinen Krallen stachen und kratzten nach mir. Ich drehte mich schnell hin und her, doch sie verbissen sich nur noch fester. Ich spürte, wie mir die Watte herausfiel. Sie attackierten mich nun mit schnellen Bissen von allen Seiten. Mir blieb bald nur noch, die Pfoten schützend vor mein Gesicht zu halten. Was hätte ich auch tun sollen? Ich war nur der Ansager!

Die Schreie, das aggressive Quieken und das Flackern des Irrlichts verwandelten sich in eine dumpfe Wolke, die nur noch schwer zu mir ins Bewusstsein vordrang. Ich sah mich bei den Traumdealern einen Traum aus der Grabbelkiste kaufen und kein Verstand, kein Unterbewusstsein der Welt hätte mich daran hindern können, nach diesem Traum zu greifen. »Wirklich Neues aus Neuschwabenland. Teil 4 – die Rache der Pinguine.« Der Traumdealer wies mit wenig einladender Pfote in Richtung des Tores, ich zeigte meinen soeben erstandenen Traum vor und wurde eingelassen. Das schwere eiserne Tor schloss sich hinter mir.

Ich sah Eis und Schnee, soweit das Auge reichte. In mein Blickfeld schob sich ein adrett bekleideter Pinguin. Er hielt mir seine seltsam aussehende Dienstmarke so nah an die Augen, dass ich kaum noch etwas erkennen konnte. Ich blinzelte angestrengt gegen das helle Licht, doch wurde ich nicht so recht schlau daraus. Der Pinguin war nicht alleine. Er und seine Kumpanen fingen an, an meinem Fell zu zerren und mich in eine bestimmte Richtung zu drängen. Da mir so oder so schrecklich kalt wurde, denn der Schnee hatte mein Fell an den Pfoten mittlerweile aufgeweicht, beschloss ich, mein Glück mit den uniformierten Pinguinen zu versuchen, was die Aussichtslosigkeit meiner Lage zur Genüge verdeutlichte. Sie führten mich, nicht ohne kräftig an mir zu

zerren, mich zu drücken und mit ihren spitzen Schnäbeln nach mir zu hacken, in Richtung einer scheinbar bewohnten Bunkeranlage mitten im Eis. Einige seltsame Fahnen hingen darüber, Stimmen drangen aus den Lautsprechern und sagten Dinge, die für mich keinen Sinn ergaben. Es war auf eine gewisse Weise seltsam und auf eine andere Weise beängstigend. Ich hätte den Informationstext auf der Rückseite des Traumes lesen sollen. Jetzt gab es kein Zurück mehr.

Wir betraten einen Bunker. Dann setzten sie mich in einen kargen Raum auf einen schlichten Stuhl und blendeten mich. Der Pinguin mit den meisten Sternchen an seiner Uniform brüllte ständig mit seltsamer, sehr unpassender Stimme auf mich ein. Ein Zweiter schlug mir währenddessen mit einem Hammer auf meine Brust. Was sollte das alles nur? Was fiel diesen Salzwasserlebewesen ein? Ich knurrte so kehlig und bedrohlich wie ich konnte. Unbeeindruckt drehte der Pinguinanführer die Lampe, damit sie mir noch besser ins Gesicht schien. Anscheinend wollten sie mich mürbemachen. Was wollten sie überhaupt von mir?

Ich konnte zu dem Tathergang überhaupt nichts sagen! Ich war betrunken gewesen und noch dazu deprimiert. Ich gehörte in den Arm und nicht in das Verhörzimmer wahnsinniger Pinguine. Noch dazu in ein so kaltes. Langsam – so bemerkte ich – verstand ich, was der Pinguin zu mir sagte.

»... hätte er nicht so viel gesoffen.«

Das war gemein! Einen am Boden liegenden Bären mit solchen Vorwürfen zu konfrontieren! Ich bemerkte, dass der andere Pinguin immerhin aufgehört hatte, mir auf die Brust zu schlagen.

»Der vermaledeite Sturkopf ...«

Ja, das war ich ... Und zwar mit Recht, wenn ich bedenke, in was für einer Lage ich mich gerade befand.

Ich wachte schließlich aus diesem schrecklichen Alptraum auf. Mein ganzer Körper, jede einzelne Regenbogenfellfarbe schmerzte. Meine Pfoten ließen sich nicht bewegen, ebenso wenig wie mein Kopf. Der Raum war voller Plüschs. Ich erkannte die Stimmen der Zwillinge, die sich schon wieder stritten. Ich hörte das leise Weinen von Evelyn und das Zischeln von Adam. Auch die beruhigenden Worte von Carlos, der eigentlich Klaus hieß, konnte ich im allgemeinen Getümmel wahrnehmen. Doch ein paar andere fehlten. Wo war der grummelige Ton des nahenden Untergangs? Wo war die samtweiche Stimme meiner Lady?

Ich schlug die Augen auf und starrte in das erschrockene Gesicht eines Krankenpfleger Hamsters von Dr. Beutel.

»Herr Regenbogen!!« entfuhr es ihm entsetzt und er wich ein paar Schritte zurück. Ich musste aussehen wie eine wandelnde Leiche, und genauso fühlte ich mich auch. Ich war mir nicht sicher, ob ich das einsame, leise Schlagen meines Herzen überhaupt wahrnehmen konnte und wollte.

Miriam trat an mein Bett heran und legte vorsichtig ihre Tatze auf meinen Arm. Sie hatte von Natur aus schon recht große Tränensäcke, aber heute waren diese auch ausgiebig genutzt worden.

»Regenbogen ... an was erinnerst du dich noch?«

»Überall waren Ratten ...«

»Es war der schlimmste Angriff, den wir je erlebt haben. Ein paar von uns haben grässliche Verletzungen erlitten. Du hattest wahnsinniges Glück. Wir sind froh, dass du wieder wach geworden bist.«

Eine Krokodilsträne lief ihre Schnauze hinab. Zorro trat zu uns und nahm seine Kollegin von hinten in den Arm.

»Der Braune hat seinen Arm verloren, als er uns beschützen wollte. Der Doktor konnte ihn nicht wieder annähen.« Dann schwieg sie und schloss die Augen. Es war überdeutlich, dass noch etwas viel Schlimmeres passiert war.

»Wie geht es ihr? Sie musste doch heute ihr Ticket einlösen. Ist sie schon gefahren?«

Miriam lehnte sich an Zorro und dieser antwortete an ihrer Stelle, heiser:

»Sie hat ein anderes Ticket gezogen, Regenbogen. Ohne Rückfahrt.«

Dieser Abend nahm mir jedwede Illusion, dass es so etwas wie ein glückliches Leben geben konnte. Er zerstörte meine Träume, eines Tages zusammen mit einer klugen, liebevollen Frau einen Stand mit Zuckerwatte in allen Farben der Welt zu eröffnen.

Ich begrub diesen Traum mit viel Gin. Im Varieté versuchten wir noch einige Tage lang den Betrieb aufrecht zu halten, doch irgendwann war der Braune fort. Er hatte seit der Nacht kaum mehr ein Wort gesprochen. Und auch ich verabschiedete mich, ohne Lebewohl zu sagen. Ich ertrug die Farben nicht mehr, die mich umgaben. Ich ertrug mein eigenes buntes Fell nicht mehr. Ich suchte einen dunklen Ort, an dem ich mich meiner Trauer hingeben konnte. Einen Ort am Abstellgleis des Lebens.

# KAPITEL FÜNFZEHN

*»Nicht durch Zorn, sondern durch Lachen tötet man.«* (Nietzsche)

Da standen wir nun, hatten Plüsch und Fell an den süßen Teufel verschrieben – die Zigs, nicht Tinker – und es gab kein Rückticket. Noch im Glücksrausch der Zig hatten wir uns Ausrüstung zusammengesucht und warteten nun darauf, dass Panther fertig war mit Husten. Wir wollten nicht, dass er mitkam, aber er hatte uns sehr deutlich gemacht, dass es keine Diskussion darüber geben würde. Vielleicht mochte er einfach nicht alleine in die ewigen Stellgleise gehen, sondern gemeinsam mit uns ein Ticket ziehen. Unsere Chancen für ein rabattiertes Gruppenticket standen nicht schlecht. Ratten waren Kampfbestien. Hinterhältige Söldner der Apokalypse. Blutrünstig, organisiert und vor allem: wesentlich mehr als wir.

Wir alle hatten einen Dosendeckel als Schild dabei, der Braune bestand auf dieser Schutzmaßnahme. Außerdem einen Seitenschneider um irgendwas zu zerschneiden, sollten sich uns, abgesehen von einem Nest voller Ratten, unüberwindbare Hindernisse in den Weg stellen. Wir verstauten auch Schraubendreher in unseren Gürteln und ich hoffte, sie nicht gebrauchen zu müssen. Meine Spitze war recht breit und konnte, richtig gestochen, ein ziemliches Loch in einem Plüsch hinterlassen. Panther lehnte es ab, eine Waffe mitzunehmen. Er fand, dass seine Pfote zwar Moos angesetzt hatte, aber dennoch immer noch einen guten rechten Haken hinbekam. Ich hatte meine Zweifel an seiner Schlagkraft, aber nicht an seinem Mut.

Wir würden schon einen Weg an den Rattenpatrouillen vorbei und in die Höhle finden. Der Braune führte unsere verlorene Expedition an. Immer wieder drehte ich mich um, einerseits, weil man das so machte – glaubte ich jedenfalls – und andererseits, weil ich wirklich das Gefühl hatte, dass uns jemand folgte. Aber hinter uns war nichts und ich hörte mit dem Umsehen auf, als Panther mir erklärte, dass er davon ganz wuschig wurde. Der Braune machte seine Stirntaschenlampe aus und bedeutete uns irgendetwas. Es war zu Dunkel, um es zu erkennen. Ein paar hilflose Gesten später schlichen wir zu ihm. Anscheinend war das richtig. Es war gut, so einen professionellen Soldaten bei uns zu haben. Vielleicht war der Braune früher doch in der Fremdenlegion gewesen. Plüschs kamen weit herum und der alte Haudegen hatte nie von seiner Zeit vor dem Varieté gesprochen.

Er gestikulierte erneut in eine Richtung. Ich kniff meine Augen zusammen und starrte dorthin. Nach einer Weile sah ich zwei Ratten, die im Gleisbett herumlungerten. Sie quatschten miteinander. Jedenfalls deutete ich ihr Quicken und Schnalzen so. Mir wurde das Herz schwer. Wenn diese beiden uns sahen, dann würden sie ihre Freunde rufen und alles war vorbei. Unwillkürlich duckte ich mich ein wenig mehr. Ich war nur ein Bär, der wegen einer Drogengeschichte in seinen Tod rannte. Ich konnte ihre nackten Schwänze und die spitzen kleinen Zähne förmlich sehen. Sie würden damit mein Fell ...

Ratlos saßen wir in unserem Versteck, lutschten Bonbons und warteten auf ein Wunder. Plötzlich presste Panther die Pfoten auf sein Maul. Ich registrierte im gleichen Moment wie der Braune, dass Panther gleich einen seiner berüchtigten Hustenanfälle haben würde. Panther deutet in die Richtung, aus der wir gekommen waren und wir beide nickten stürmisch. So schnell ihn seine gebrechlichen Beine trugen – also eher langsam – verschwand Panther wieder in der Dunkelheit. Wir hielten den Atem an und hofften, dass auch Panther dies tat. Ich fürchtete jedoch, dass er es nicht mehr lange anhalten können würde. Wenn seine Lunge sich mitteilen wollte, dann tat sie das für gewöhnlich ohne Rücksicht. Und tatsächlich: Unaufhaltsam rollte das erste bellende Husten über raue Steine. Die Ratten vor uns spitzen ihre feinen Öhrchen. Ich bildete mir ein, ihre Schnurrhaare zucken zu sehen und ihre kleinen Augen ... Der Braune zog mich in Deckung.

Wir lauschten. Panther hustete sich weiter fort, und die Krallen der Ratten klackerten über die Gleise in seine Richtung. Hoffentlich gelang es ihm, rechtzeitig mit dem Husten aufzuhören und mit der Umgebung zu verschmelzen. Riechen würden sie ihn nicht können, dafür hatte sein Fell zu viel Moos und Feuchtigkeit gezogen. Er roch genau wie die Tunnel. Ich hoffte, dass es ihm das Leben rettete.

Der Braune schleppte mich weiter. Wir mussten die Lücke in ihrer Verteidigung ausnutzen. Auch wenn das die bekloppteste Idee war, die wir je hatten. Ich stolperte über mehrere Kabel hinweg. Ohne Licht war es schwierig, überhaupt vorwärtszukommen, geschweige denn leise und unauffällig. Mir war ganz übel im Magen und auch im Kopf, wenn ich nur länger an meine Lage dachte.

»Brauner?«

»Ja?«

»Wir werden sterben.«

Lange kam keine Antwort von ihm und das machte es nicht besser.

»Sag doch was.«

»Wenn du lange in einen Abgrund blickst, blickt der Abgrund auch in dich hinein. Klammer auf: Nietzsche, Klammer zu.«, zitierte er einen der großen Alten.

»Das war jetzt wenig hilfreich, danke. Nun habe ich noch mehr Angst.« Verzweifelt überlegte ich, mit welchem Zitat ich kontern könnte. Einige des dritten großen Alten kamen mir in den Sinn, aber es war noch zu früh, um solche Munition herauszuholen. Ich versuchte es anders:

»Das Leben kann als ein Traum angesehen werden und der Tod als Erwachen. Klammer auf: Schopenhauer, Klammer zu.« Noch während ich es sagte, empfand ich auch das eher als weniger tröstlich. Ich wog meinen Kopf hin und her. Auch dem Braunen war die Lücke in meiner Argumentation aufgefallen, aber er brummte nur missmutig, anstatt mich mit einem weiteren Zitat in den Staub zu werfen. Das rechnete ich ihm hoch an.

»Es ist gut, nicht alleine hier am Ende des Abyss zu sein«, murmelte ich.

»Von wem ist das denn?«, brummte er, und ich konnte in seiner Stimme so etwas wie Zufriedenheit über seinen Sieg hören. Gerade wollte ich etwas erwidern, da hob er auch schon seinen Arm und wir lauschten angestrengt. Da war nichts. Kein Laut kam aus den Tunneln und Gängen. Nicht einmal das Quietschen der U-Bahn drang zu uns. Mir stellten sich die Nackenhaare auf. Das war das Ende. Vorbei war mein junges Leben. Hier hinter dem Abstellgleis, am hintersten Rand der Gesellschaft.

»Wen haben wir denn da?«, fauchte es plötzlich direkt neben meinem Ohr. Ich schrie auf und schlug ins Leere. Ich halluzinierte. Doch auch der Braune hatte etwas gehört. Wir stellten uns Rücken an Rücken. Nichts. Kein Geräusch, kein Laut, kein Kratzen. Mir schauderte es. Vielleicht hatten wir es uns doch eingebildet. Wir sollten besser schnell weiter, ehe uns diese Gänge noch um den Verstand brächten.

»Komm, gehen wir ...«, flüsterte ich. Der Braune nickte, das konnte ich in meinem Fell spüren, so nah standen wir beieinander. Ich setzte eine Pfote nach vorne und trat auf etwas Weiches, Rundes, Warmes! Ein Rattenschwanz! Ich sprang wieder zurück und atmete entsetzt ein. Wieder war alles um uns herum still. Als würde etwas in der Dunkelheit lauern und darauf warten, dass wir es entdeckten.

»Was denn?«, brummte der Braune.

»Ich ... ich ... glaube, ich bin auf einen Rattenschwanz getreten«, stammelte ich zurück.

»Kann nicht sein!« Der Braune klang so sicher, dass es sich auch für mich plausibel anhörte. Ich nahm meinen Bärenmut zusammen und tastete vorsichtig mit dem Fuß nach vorn. Das Kabel war weg, wohl, weil ich es mit dem Fuß nach vorne gekickt hatte. Ich machte noch einen Schritt und alles schien in Ordnung zu sein. Dieses Mal war es der Braune, der plötzlich wieder ganz nah an meinem Rücken stand.

»Ich hatte auch ein Kabel«, murmelte er. Mir wurde ganz schlecht.

»Machen wir Licht?«

»Ich glaube, ja.« Es klackte, als der Braune seine Stirnlampe anschaltete. Für einen ganz kurzen Moment blitzte das Licht auf und ich starrte in hunderte Augen. Das Licht ging wieder aus und es war noch dunkler als vorher, auch in meinem Herzen. Das war sicher nur eine weitere Halluzination. Ich verkündete meine Vermutung zur Sicherheit auch noch einmal laut.

»Mhh, mh!«, machte der Braune und ich wusste, dass wir uns selbst belogen. Entschlossen hob ich meine Waffe, als es noch einmal klackte und der Braune die Lampe endgültig anmachte. Offensichtlich hatte er beschlossen, dass es besser war, dem Schrecken ins Angesicht zu leuchten, als im Dunkeln zu stehen und sich zu fürchten.

Das war gut. Jetzt fürchtete ich mich im Hellen. Wir waren umzingelt. Sicherlich zehn Ratten standen, lagen und lauerten um uns herum. Ich starrte sie an. Sie starrten zurück. Der Braune machte seinen Schraubendreher bereit. So würde es also enden. Wir zwei, zehn Ratten und weit fort von der U-Bahn. Ein schlimmeres Ticket hätten wir kaum ziehen können.

Wir warteten, dass sie mit ihrem unausweichlichen Angriff beginnen würden. Mir rutschten die Reste meines Herzens in den Bauch. Dann begannen die Ratten zu lachen. Ein fieses, schmutziges Gackern und Keckern. Sie rissen ihre Münder dafür halb auf und johlten. Vor lauter Amüsement peitschten ihre Schwänze auf den Boden, als würden sie eine Trommel schlagen. Alles, was ich bisher an Angst gehabt hatte, wuchs nun zu einem großen Berg an. Auch dem Braunen schien es nicht besser zu gehen. Eine der Ratten, mit besonders großen Ohren und einem auffällig geringelten Schwanz, zuckte mit der Schnauze nach oben und schnüffelte. Augenblicklich hörten die anderen auf zu lachen und diese gespenstische Stille kam wieder über uns.

»Ich rieche Angst«, stellte die großohrige Ratte fest. Ihre Stimme klang, als hätte man sie unter ein Rad der U-Bahn gehalten und davon überfahren lassen. Irgendwo auf dem Boden meiner Angst kratzte ich ein Stück Mut zusammen. Ich gab mir einen Ruck. Dann noch einen. Schließlich den dritten. Dann begann ich mit meiner Varietéankündigungsstimme lauter als notwendig zu sagen:

»Guten Abend, meine Damen und Herren. Wir begrüßen Sie recht herzlich zu diesem kleinen Liveakt mitten in den Gängen. Es freut uns, dass Sie so zahlreich erschienen sind. Wir hoffen Ihnen gefällt der Aufenthalt bei uns und wir wünschen Ihnen viel Spaß. Es ist mir eine Ehre, Ihnen den Braunen vorzustellen. Ein selbsternannter düsterer Pessimist, der Sie mit gespitzten Zitaten der drei großen Alten ganz wunderbar unterhalten wird. In seiner Begleitung befindet sich Regen, der Bär, der sich die Perfektion der Mittel und die Verwirrung der Ziele auf seine Fahne geschrieben hat. Applaus bitte!« Ich hoffte, der große Alte nahm es mir nicht übel, dass ich zwei seiner Zitate missbraucht hatte, ohne sie richtig zu kennzeichnen. Aber in der Not gilt das eigene Gewissen als Maßstab.

Ich hörte, wie der Braune murmelte: »Jetzt spinnt er völlig«, sich aber, ganz der Showbär, der er einmal gewesen war, höflich verneigte.

Zu meiner Verwunderung klopften die Ratten mit ihren Schwänzen eine Art Applaus auf den Boden. Der großohrige Sprecher der Gruppe kam näher an mich heran. Unwillkürlich hatte ich den Schraubendreher so vor mich gehalten, als wäre es ein Mikrophon. Mit beiden Pfoten hielt ich das Metall nun in Richtung der Ratte und drehte mich, und damit den Braunen, langsam mit.

»Ihr seid lustig«, quetschte die Ratte mit der Stimme unter den Rädern hervor: »Schade, dass wir nicht noch mehr von euch brauchen, ihr wärt sicherlich ein ganz besonderer Leckerbissen für unseren König.« Er umkreiste uns mit schleichenden, geschmeidigen Bewegungen. Sein Schwanz war wie eine Schlange.

»Schaut, wie sie bald quieken werden. Applaudieren wir ihnen zu ihrem letzten Auftritt. Ich freue mich darauf.« Abschätzig betrachtete er uns, legte den Kopf schief, als würde er darüber nachdenken, was wir ihm entgegensetzen konnten. »Verhalten sich wie die Omegas. Kriechen und stottern um ihr Leben. Hehe!«

Die anderen Ratten begannen mit ihren Vorderpfoten auf den Boden zu trommeln. Rhythmisch und grässlich gegen den Takt jeder auch nur halbwegs anständigen U-Bahn.

»Flauschiges Fell für die Nester!«, raunten sie in einem Chor, der alles noch schlimmer machte.

Als die Ratte ihre Pfote nach mir ausstreckte, ließ ich vor Panik meinen Schraubendreher fallen. Der Braune rollte sich zu einem Ball zusammen. Mit einem hässlichen Quieken kamen die Ratten über uns. Wenigstens würde es so schnell vorbei sein. Spitze kleine Krallen gruben sich in mein Fell. Eines der Biester hing an meinem Ohr, ehe ich meinen Dosenschild dazwischen schieben konnte. Der Braune, das konnte ich aus dem Augenwinkel sehen, wurde von den Ratten hin und her geschubst. Es waren einfach zu viele. Sie trieben uns auseinander. Jeden für sich. Jeder starb alleine. In der Ferne sah ich die Lichter der U-Bahn auf uns zurollen. Sie strahlten in allen Farben des Regenbogens.

## WARNUNG

Die nächsten Kapitel könnten für zartbefellte Leser erschreckend sein!

Es wird zu Unfällen mit Fell und Watte kommen.

## CAREFUL

Teddies will be harmed!

# KAPITEL SECHZEHN

*»Die vermeintliche Rechtlosigkeit der Tiere, der Wahn, dass unser Handeln gegen sie ohne moralische Bedenken sei, ist eine geradezu empörende Barbarei des Abendlandes. Die Tiere sind kein Fabrikat zu unserem Gebrauch. Nicht Erbarmen, sondern Gerechtigkeit ist man den Tieren schuldig.«*

(Schopenhauer)

Neonlicht flackerte von der Decke herab. Ein ungesundes, hellgrelles Zucken. Wie froh wäre ich, wenn es dunkel gewesen wäre. Wenn ich zu all dem aggressiven Quieken, kampflustigem Fiepen und den kratzenden Pfoten nicht auch noch die Bilder hätte sehen müssen.

Ich starrte auf ausgerissene Augäpfel. Sie hingen über mir als groteskes Mobile. Langsam drehten sie sich im Kreis, wie eine Gruppe Balletttänzer.

Ich befand mich in einem Käfig. Zusammengenagelte Metallstangen, wohl aus einer Mülltonne gefischt. Dort, wo sie nicht rostrot waren, überzog ein feiner Grünspan das Metall. Ich lag in zusammengeknülltem Hamburgerpapier. Es stank nach altem Fett, geschwängert von Ammoniak. Meine Oberarme schmerzten von vielen kleinen Kratzern, als sei ich durch Stacheldraht gekrochen. Sonst schien alles in Ordnung mit mir. Die Wände der Höhle um mich herum waren mit Graffiti überzogen. Jemand hatte mit groben

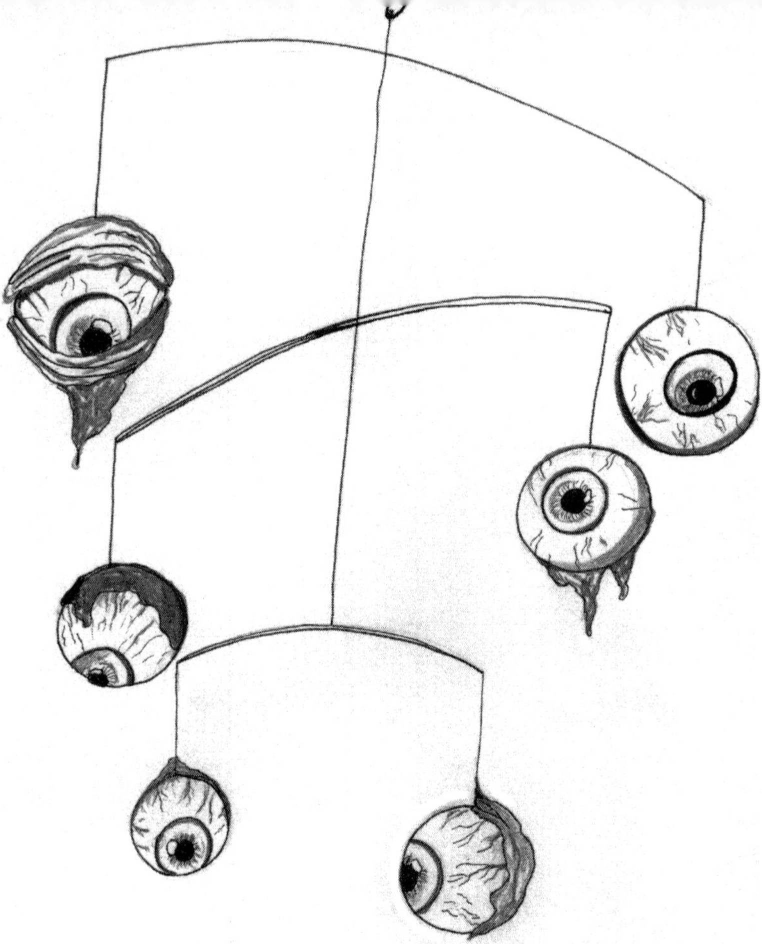

Pinselstrichen und jeder Menge roter Farbe seine Meinung in die Welt geschrieben. Unter anderen Umständen hätte ich dem Künstler ein gewisses abstraktes Talent zugestanden. In meiner jetzigen Situation machte es mir einfach nur Angst. ›Minderwertig‹ prangte besonders präsent an der Decke. In hässlichen, verschmierten Lettern. Schnell sah ich fort. Ich hätte es besser gelassen.

Gespenstisch, augenlos und mit falscher Haltung umrahmten ausgeweidete Plüschs einen Thron, wie aufgestellte Puppen. Die Ratten hatten die Felle ihrer Opfer über leere Flaschen, Dosen oder anderen Müll gezogen. Einer dieser bemitleidenswerten Gesellen hielt ein Tablett, auf dem halb verwestes Fleisch lag. Ein Schwarm Fliegen labte sich daran.

Ich wurde abgelenkt, als mir jemand ein Ding in den Schoß warf. Ich starrte die narbengesichtige Ratte an. Ihre Augen glänzten im Licht wie zwei Kürbisköpfe an Halloween. Als Nächstes hörte ich mich schreien. Es war ein braunpelziger Arm! Der Arm des Braunen! Ausgefranste Ränder und der Geruch von eitrigem Tod. ›Die Musik der 70er‹ las ich im Augenwinkel. Die Ratten gackerten und keckerten vor Freude über meine Angst. Ich war mir sicher, dies widersprach allen jemals geschlossenen Konventionen.

Ich rappelte mich auf, um eine offizielle Protestnote einzureichen. Jemand drückte mich wieder zurück in ein weiches Bett. Doktor Beutels Gesicht erschien über mir. Seine Mine war ernst und ich dachte sofort an den Moment von damals zurück, als man mir mitgeteilt hatte, dass meine Lady es nicht mehr aus dem Irrlicht zurück geschafft hatte. Ich wollte gar nicht hören, wer sich dieses Mal ein einfaches Ticket gezogen hatte. Vermutlich hatte ich nun auch noch Panther und den Braunen in den Tod gestürzt. Ich wollte nicht wissen, was passiert war. Ich hob meine Pfoten an meine Ohren und hielt sie mir zu. So schlimm es dort auch war, ich wollte zurück ins Traumland. Sofort. Also presste ich meine Augen zusammen und kaufte mir eine \`ich möchte mich überraschen lassen'-Tüte.

# KAPITEL SIEBZEHN

*Schleppt sich ein Bär zum Arzt, sagt der Arzt: na 'nen Bären aufgebunden?«*
(Quelle [zum Glück] unbekannt)

Das helle Licht der Verhörlampen knallte mir wieder ins Gesicht. Die Pinguine starrten mich an. Ich verstand wieder einmal kein einziges Wort von ihrem Kauderwelsch. Sie piekten und zwickten in mein Fell. Der eine mit dem etwas kürzeren Schnabel schlug mir wieder auf den Brustkorb. Es war unerträglich und vor allem vollkommen unnütz. Ich hatte das Gefühl, das mein Herz zwischen seinen Schlägen versuchte, dem ganzen Mist zu entkommen. Doch es wollte ihm einfach nicht gelingen. Was für ein frustrierender Tag.

»... dieses Mal ist es noch schlimmer«, rutschte es dem Pinguin aus dem Schnabel. Ich versuchte entrüstet, mit dem vielleicht bekanntesten Zitat des dritten großen Alten zu kontern, aber es gelang mir nicht, auch nur ein Wort herauszubringen. Stattdessen übergab ich mich.

# KAPITEL ACHTZEHN

*»Will man einen Freund haben, so muss man auch für ihn Krieg führen wollen, und um Krieg zu führen, muss man Feind sein können.«* (Nietzsche)

Jemand hielt mir einen Eimer hin. Ich blinzelte und glaubte den dritten Traum in Folge zu haben. Miriam, die Messerwerferin in all ihrer Pracht, stand dort und reichte mir nun diskret ein Tuch.

»Regenbogen! Wie schön, dass Du wach bist.« Sie ließ den Eimer aus meinem Sichtfeld verschwinden. Ein Huf reichte mir ein Glas Wasser.

»Plüsch, plüsch, plüsch ... neun Ratten ... ich glaube, danach darf man kotzen.« Zorro nickte anerkennend. Sein anderer Huf klopfte mir auf die Schulter.

»Ihr seid so wahnsinnig ... alleine da raus zu gehen.« Miriam tauschte das Wasser in meiner Pfote gegen ein frisches Tuch. Ich war von all dem Geklopfe, Getausche und Gerede ganz durcheinander. So durcheinander, dass ich überhaupt nicht verstand, was los war. Vorsichtig schaute ich mich um, soweit das gelang, denn Zorro und Miriam wechselten sich mit dem Glas, dem Tuch und dem Gerede unaufhaltsam ab. Ich sah noch zwei weitere belagerte Betten. Sollten wir es tatsächlich alle lebend herausgeschafft haben? Ich mochte es nicht glauben. Als ich gerade einmal nichts in der Pfote hielt, zwickte ich mich. Erfolglos.

»Jetzt lasst ihn doch erst einmal atmen.« Doktor Beutel schob sich zwischen meine Volontärkrankenpfleger und verschaffte mir so ein wenig mehr Raum.

»Meinst Du, dieses Mal bleibst Du bei uns, Regenbogen?« Er nahm vorsichtig sein Stethoskop und hörte mir die Brust ab. Dann fühlte er meinen Puls und ließ meine Pfote los.

»Da habt ihr drei uns ja alle einen gehörigen Schrecken eingejagt.«

»Wer ist denn diese Frau, die ihr da retten wolltet?«, mischte sich Miriam wieder in das Gespräch ein.

»Hase?«, fragte ich verwirrt. Immerhin schien ich dieses Mal einen Traum gebucht zu haben, in dem ich selbst sprechen konnte.

»Ich weiß nicht? Der Braune ist recht schweigsam und meint immer nur, dass Du sie angeschleppt hast.« Miriam verschränkte ihre Arme und schaute mich erwartungs-, fast vorwurfsvoll an.

»Ja, Hase ... sie, ähm ... ich kenne ihren Namen nicht.« Wie dämlich das klang. Ich hatte sie vor der U-Bahn gerettet, fand sie unglaublich süß. Und wusste nicht, wie sie hieß. Es traf mich wie ein geworfener Honigtopf. Ja, ich fand sie unheimlich süß ... Das war es, was mir immer dieses Gefühl im Magen bereitete, das ich eigentlich ziemlich unangenehm fand. Ein Husten unterbrach meine Gedanken, als zöge jemand eine lange Schnur voller mit Steinen gefüllter Konservendosen über das Gleisbett.

»Panther lebt?«, fragte ich verwirrt.

»Ja, wer hat uns wohl benachrichtigt?« Miriam stupste mich wieder in die Seite.

»Jemand hat Euch benachrichtigt?« Was war das für ein seltsamer Traum.

»Ja, Mann. Wir sind gleich los und haben Euch gesucht. Haben ,ne Menge Krach gemacht, damit die Ratten verschwinden. Aber als wir ankamen, waren alle schon auf ihrer letzten Reise.« Zorro trommelte vor Aufregung mit den Hufen auf meinem Bett herum. Seine Mähne bräuchte mal wieder einen Schnitt. Ich legte mich zurück und sagte erst einmal gar nichts mehr. Wenn das hier ein Traum war, dann war es irgendwie ein schöner Traum. Erstaunlich, nach den beiden schlechten Griffen vom letzten Mal, und vor allem: ohne Schok.

»Also Regenbogen, jetzt erzähl' doch mal alles genau. Panther kriegt bei dem Versuch, mit der Sprache rauszurücken, ständig einen Hustenkrampf.«

Ich seufzte, nickte und setzte mich dann wieder vorsichtig auf. Ich erzählte die Kurzfassung. Das mit der Tüte, dass ich sie zu uns in – äh – Sicherheit bringen wollte und dass sie, nachdem sie sich aufgewärmt hatte, auf dem Weg in die – äh – Stadt überfallen und entführt wurde. Und wir beschlossen hatten, sie – äh – zu retten. Ich schmückte dabei gar nichts aus, denn ehrlich gesagt war diese Geschichte selbst schon so schwach, dass ich sie eher verschlimmbessert hätte.

»Und sie ist nicht tot?«

Ich schüttelte den Kopf und ein wenig Hoffnung keimte auch in mir auf. Der Braune mischte sich ein: »Die eine Ratte sagte, dass sie uns nicht bräuchten, weil sie noch jemanden hätten.«

Ein allgemeiner Seufzer der Erleichterung ging durch den Raum und dann brach ein wildes Stimmengewirr los, was man alles tun könnte, um sie zu retten. Mir wurde ganz schummrig. Ich hasste so viele Plüschs auf einem Haufen mittlerweile, ich verabscheute so viel Trubel. Außerdem war es mir unangenehm, dass die anderen mich zu einem Helden stilisierten, der ausgezogen war, um die Maid um ihrer selbst willen vor den Ungeheuern zu retten. Wie schäbig klang es da, dass ich in Wahrheit ausgezogen war, um meinen Abotraum zu verlängern und sie an Candy zu verschachern?

Doktor Beutel erlöste mich schließlich von meinen Grübeleien, indem er unsere Besucher nach und nach vor die Tür schob. Eve zog er sich ganz am Ende sogar aus seinem Beutel und setzte sie vorsichtig vor der Tür ab.

Mir drehte sich noch immer alles. Sie hatten mich alle in meinem Traum besucht. Die Zwillinge, Zorro und Miriam, Evelyn und Adam ... alle ... Alle bis auf die Lady im Eis. Der Gedanke tat so weh. Sie wäre sicherlich hier gewesen, so wie wir alle da waren, als wir ... ihr Fell ... ach ... Wir hatten ihre Fahrkarte zum Broadway eingelöst. Der Schmuggler hatte versprochen, ihr Fell dorthin zu bringen, damit wenigstens ein Teil von ihr ankommen würde. Ich hoffte, sie hatte es gut.

# KAPITEL NEUNZEHN

*»All unser Übel kommt daher, daß wir nicht allein sein können.«*
(Schopenhauer)

Doktor Beutel ließ uns für eine Weile in Ruhe. Ich stand auf, nachdem ich mich vergewissert hatte, dass meine Beine mich auch trugen. Der Braune sah mehr nach Mumie aus, denn nach Plüsch. Er hatte mehrere frische Nähte, sogar am Ohr. Offensichtlich hatte der Doktor es wieder angeflickt.

»Was ist passiert?«, flüsterte ich. »Wir haben sie nicht besiegt. Die haben uns ganz schön lang gemacht.« Ich dachte, dass mir dieser Traum vielleicht mehr Antworten geben würde, als die Realität, so ich denn je wieder aufwachen würde. Vielleicht hatte der große Alte ja recht und ‚Das Leben kann als ein Traum angesehen werden und der Tod als Erwachen.‘

»Keine Ahnung«, brummte der Braune. Er setzte sich auf und tastete vorsichtig über sein Ohr. »Irgendwas hat sie getötet, und demjenigen will ich nicht begegnen. Stell dir vor, was wir ihm schulden!« Entrüstet reckte der Braune seine Faust gegen den imaginären Helfer. Ich nickte. Ratlosigkeit breitete sich aus und wir halfen uns gegenseitig zu Panthers Bett. Der alte Plüsch sah schrecklich aus. Sein Fell war aschfahl. Moos wucherte über seinen ganzen Brustkorb, so dunkel wie Algen im Meer. Ab und zu strömte Atem in seinen ausgemergelten Körper.

Dann murmelte er leise, damit seine Lunge nicht merkte, dass er sprach und ihn wieder mit einem Anfall unterbrach. »Kurz bevor wir bei euch waren ...« Er holte vorsichtig Luft: »Da gab es ein helles Licht ...« Wieder holte er Luft, doch dieses Mal zu viel. Eine Hustenlawine rollte über seinen Körper. Und ich weiß, es ist nicht freundlich, aber ich war sehr genervt davon. Konnte dieser kranke, alte Plüsch nicht einmal kurz bevor er den entscheidenden Satz sagen würde, nicht husten? Es war wie einer dieser elenden Cliffhanger am Ende eines Buches, zu dem es zwei Bände gab.

»Also es gab ein helles Licht ...«, fuhr er wiederholend fort und ich war kurz davor, ihn zu schütteln. Nicht, dass er noch vor lauter Husten vergaß, was er sagen wollte.

»Und dann knallte es laut ...« Panther fuchtelte mit seinen Pfoten herum, als würde er einen Blitz demonstrieren wollen. »Als wir ankamen ...« Wieder holte er Luft und ich machte mich innerlich schon bereit, den nächsten Hustenanfall damit zu verbringen, aus Frustration weinend am Boden zu liegen.

»Als wir ankamen ... lagen dort die toten Ratten. Alle erstochen und erschlagen. An Euren Waffen klebte Blut. Und an euch auch. Was habt ihr da gemacht?«

»Wir waren das nicht«, brummte der Braune, sichtlich in seiner Kriegerehre gekränkt. »So viele Ratten, denk‘ doch mal nach. Es war dunkel, wir waren unterlegen. Wir waren erledigt.«

»Der Geist der U-Bahn«, flüsterte Panther ehrfürchtig und starrte an uns vorbei, als würde er jenes sagenumwobene Wesen dort stehen sehen.

»Ist klar ...«, unterbrach der Braune Panther unwirsch in seiner geistigen Entrückung.

»Nein wirklich!« Panther griff nach unseren Pfoten, was ziemlich befremdlich war. Für gewöhnlich mieden wir es, uns gegenseitig zu befellen. Wir waren schließlich Philosophen, Misanthropen und Einzelgänger, die nur zwecks des Austausches von Gedanken ab und an zusammen abhingen.

Außerdem war der Gedanke, an die ‚Geist der U-Bahn-Geschichten' zu glauben oder ihnen auch nur ein Fünkchen Wahrheit zuzuschreiben, für uns als Philosophen vollkommen ausgeschlossen. Nietzsche und Schopenhauer würden die Pfoten über dem Kopf zusammenschlagen. Beim dritten großen Alten war ich mir nicht so sicher, er hatte mitunter einige seltsam anmutende Gedankengänge, denen wir nicht immer folgen konnten. Es lag vermutlich daran, dass wir mit einigen Konzepten, wie zum Beispiel ... Es war müßig. Ich hatte dringlichere Schwierigkeiten, nein, Probleme. Eindeutig Probleme, und keine weichgespülten *Herausforderungen*. Der Geist der U-Bahn war ein Mythos. Ein Wesen, das sich aus den Geräuschen der U-Bahn manifestiert hatte. Dass durch die Gänge pfiff, mal knatterte, mal schnurrte. Der Geist war da, wenn man dachte, es käme eine U-Bahn, plüsch die Vibration der Schienen zu spüren glaubte und dann doch kein Zug kam. Er war dort, wenn Wind unerklärlich durch einen Gang zog, Lichter flackerten oder anderweitig etwas Unerklärliches geschah. Wie gesagt, ich war sehr skeptisch ob dieser Deutung. Nur weil wir es nicht erklären konnten, musste es noch lange kein mystisches Phänomen sein, das gar den Anspruch hatte, dass man es anbetete, huldigte oder sonst wie beachtete.

»Ihr müsst das Orakel befragen! Ihr seid auserwählt!«

»So ein Quatsch«, erwiderten wir wie aus einem Mund. Nicht wegen des Orakels, sondern wegen des zweiten Satzes.

Der Braune untermauerte unsere These sogleich mit dem passenden Zitat: »Viel zu viel Wert auf die Meinung anderer zu legen ist ein allgemein herrschender Irrwahn. Klammer auf: Schopenhauer, Klammer zu.« Doch Panther war nicht auf den Kopf gefallen, zumindest nicht im übertragenen Sinne und konterte mit dem zweiten großen Alten: »Keiner ist so verrückt, dass er nicht einen noch Verrückteren findet, der ihn versteht. Klammer auf: Nietzsche, Klammer zu.«

Ehe ich noch den dritten großen Alten zu Rate ziehen konnte, öffnete sich die Tür und Doktor Beutel kam wieder. Panther nutzte die Gelegenheit, schrecklich zu husten und damit seine kleine Rede abzurunden.

# KAPITEL ZWANZIG

*»Ich vermute, dass wir nur sehen, was wir kennen.«* (Nietzsche)

Aller realistischen Argumente zum Trotz machten wir uns auf den Weg. Dem Doktor hatten wir erzählt, dass wir uns gedanklich sammeln müssten und frische Luft schnappen. Wir hatten Panther in seiner Obhut gelassen, nachdem er bei dem Versuch, aufzustehen, zum dritten Mal rotes Fell gehustet hatte. Doktor Beutel hatte uns einen gewichtigen, vielsagenden Blick zugeworfen und uns damit aufgefordert, doch alleine zu gehen. Wir nickten und hofften, unseren alten Mitphilosophen noch einmal wieder sehen zu können. Lange würde er sich nicht mehr durch dieses Leben hier quälen.

Vorsichtig und von unseren letzten Spaziergängen an Erfahrung reicher, gingen wir durch den alten, unterirdischen Bahnhof unserer Stadt. Wir schlenderten an den Läden vorbei, die mir schrecklich bunt und knallig vorkamen. Oder eher, neben denen ich mich schrecklich grau fühlte. Einige Plüschs sahen gebannt einem Zauberkünstler bei seinem Trick zu. Es gab kleine Kaffees und Schockbars, sogenannte Rauchsalons. Dazu kamen allerlei Stände mit hausgemachten Süßigkeiten und Rubbellosen. Nichts lief hier unten besser als Rubbellose.

Wir verließen den belebten Teil der kleinen Stadt und wanderten neben den Gleisen entlang. Schon die dritte U-Bahn war an uns vorbei gerauscht und ich hatte gar nicht auf ihre Stimmung geachtet. Jetzt bei der Vierten hörte ich genau hin, während wir uns an die Wand drängten und der Zugwind unser Fell durchkämmte. Die Dame war heute dynamisch, geradezu elektrisch geladen. Voller Tatendrang fuhr sie ihrem Feierabend entgegen. Auch dem Braunen war dieses Zeichen nicht entgangen. Er forderte mich mit einem Nicken auf, weiter zu gehen.

Uns beiden saß der Schreck des letzten Ausflugs noch in den Nähten. Aber wir hofften, dass die Ratten von diesem Tiefschlag irgendwie eingeschüchtert und nicht gleich wieder auf Beutezug waren. Dann durchfuhr es mich. Ungefähr hier hatte ich vor nicht allzu langer Zeit Hase aus dem Zellophan befreit und damit alles durcheinandergebracht, was ich so zu schätzen gelernt hatte. Ich seufzte und hielt unbewusst Ausschau nach Schok. Jetzt wo ich daran dachte, bemerkte ich, dass ich schon viel zu lange keine Zig mehr genossen hatte. Meine Pfote zitterte bei dem bloßen Gedanken daran. Da war er also wieder, der ewige Kreislauf des Fahrplans. Ich dachte an die ganzen kleinen Stände in der Stadt und ein alter Traum fiel mir wieder ein. Ich saß gemeinsam mit der Lady auf der leeren Bühne, der Staub der Vorstellung hatte sich bereits gesenkt. Ich erzählte ihr, wie ich mit meinem verdienten Ruhm Zuckerwatte verkaufen wollte. Ein kleiner Stand mit einer Zentrifuge und Eisstielen, die ich morgens zwischen den Gleisen herausklauben würde und Zuckerwatte in allen Farben, wie sie auch mein Fell aufzubieten hatte. Wie lange hatte ich diesen Traum nicht mehr geträumt? Vermutlich, seitdem die Lady mein

Leben verlassen hatte. So wie jetzt auch Hase mein Leben wieder verlassen hatte. Frustriert von diesem ewigen Kreislauf wanderte ich schweigend hinter dem Braunen her.

Wir hörten die Felllosen von Weitem und hielten uns in sicherem Abstand zu ihnen. Sie waren groß und standen stumm wie Statuen da. Sie starrten auf kleine Geräte. Manchmal dröhnte eine schlecht gemachte Ansage durch die riesige Halle. Eine Frauenstimme verkündete vollkommen emotionslos das baldige Eintreffen einer U-Bahn. Es klang abgehackt und seltsam verzogen. Diese Ansagerin versuchte gar nicht, die Stimmung ihres Publikums aufzufangen. Was hätte ich hier alles sagen können? Dass gleich eine bezaubernde blaue Lady eintreffen würde, die mit Freuden ihre Passagiere an einen anderen Ort brachte. Eine Dame, die es eilig hatte, aber nicht hetzte, eine mit Gefühl auf den Schienen ...

Wir drängten uns in die kleine Ecke zwischen Bahnsteig, Absperrung und Treppe für die Wartungsarbeiter. Hoffentlich war uns das Orakel wohlgesonnen. Das Orakel war, im Gegensatz zum Geist der U-Bahn, eine handfeste Sache. Etwas, dessen Existenz plüsch nicht bezweifeln konnte und dessen Weisheit unumstößlich war.

Ich dachte fest an meine Frage. Der Braune wartete auf mich und tat so, als ob ihn das alles nichts anging. Dann drehte ich mich um. Das Orakel leuchtete in sanftem Weißgelb, das große Bild der Antwort prangte mir entgegen und ich las mit zittriger Stimme vor: »Das Prickeln des Lebens«. Das Bild dazu war erst einmal unverständlich, aber es hatte schöne Honigfarben. Ich drehte mich wieder weg. Kurz nachdem ich den Blick abgewendet hatte sah ich, dass auch der Braune sich heimlich zum Orakel umsah. Der alte Fuchs hatte wieder einmal nur geflunkert. Natürlich interessierte auch ihn die Antwort auf seine Frage, welche auch immer das sein mochte.

Die U-Bahn beendete unsere Audienz mit quietschenden Bremsen, als sie in den Bahnsteig einfuhr. Also wandten wir uns ab und verschwanden aus dieser Gegend. War ich nun schlauer als vorher? Hatte mir die Antwort irgendwie geholfen? Ich ließ sie tief in mein Bärenherz sacken. Wo hatte es geprickelt bei mir? Was sollte ich suchen? Ich dachte an Hase und mein Kribbeln im Bauch, das ich für Bauchweh gehalten hatte. Meinte das Orakel das? Das Glas hinter der Schrift schien voll mit flüssigem, Honig gewesen zu sein.

# KAPITEL EINUNDZWANZIG

Der Braune murmelte etwas davon, dass er noch einmal zurück zum Abstellgleis müsste und nachkommen würde. Ich ging zurück zur Praxis von Doktor Beutel. Eve saß bei Panther auf dem Bett und lauschte seiner Erzählung.

»Es gibt diese Gefängnisse oben, wo Plüschs in großen Gruppen in einem Raum gehalten werden. Es gibt Wächter und kleinere Felllose, die diese Plüschs völlig herabwürdigen. Dort werden sie gezwungen, Kleidung zu tragen und diese ständig zu wechseln. Man versucht, ihnen durch wechselnde Namen ihre Identität zu rauben. Sie können durch ständig neue Felllose keine Bindungen zu ihnen aufbauen. Sie werden durch den Raum geworfen, vollgesabbert, und wenn ihnen Teile fehlen, kümmert sich niemand darum, dass sie genäht oder ersetzt werden. Regelmäßig kommen sie zum Waterboarding und müssen manchmal über Stunden unter Wasser in einer engen, sich schnell drehenden Trommel aushalten. Sie bekommen dabei Seifenlauge in die Augen und haben danach niemanden, der sie in den Arm nimmt. Sie werden manchmal sogar gezwungen, gegeneinander zu kämpfen und alberne Fernsehsendungen nachzustellen.

Aber es gibt Plüschs, die diese Zustände ändern. Nachts, wenn diese Anstalten frei von den Felllosen sind, brechen wir ein und befreien einzelne Plüschs. Es ist brandgefährlich. Wenn es schief geht, landet plüsch im besten Fall in einem

Fundbüro, im schlimmsten Fall werden die Plüschs einfach ebenfalls in den Gefängnissen eingesperrt. Ich habe, als ich noch jung war, an dieser Front jahrelang mitgekämpft. Wir konnten so manchen verloren Geglaubten herausbringen. Ich selbst habe als junger Plüsch dort einige Zeit leben müssen. Ich wurde oft für einen Star aus einem Kinderfilm gehalten und so zwangen sie mich in diese Rolle. Sie taten so, als würde ich ständig singen.« Er schüttelte sich: »Ich hatte noch Glück, meine Anstalt war recht klein. Ein sogenannter Zwergenhort. Eines Nachts gelang mir die Flucht, als Felllose die Scheibe einschlugen und irgendetwas von »Nieder mit der Bank!« und »Nieder mit dem System!« brüllten. Ich habe es nicht verstanden, Bänke sind eine sehr gemütliche Sache. Ich kletterte aus dem großen Fenster heraus. Meine Freunde wagten nicht, mich zu begleiten, sie hatten zu viel Angst vor dem Draußen. Dann traf ich weitere Plüschs und wir schlossen uns zusammen, um anderen die Flucht ebenfalls zu ermöglichen.« Eve fragte mit ihren großen Augen:

»Und wann bist du hergekommen?«

»Wir waren eine kleine eingeschworene Truppe. Jeder hatte seinen festen Platz. Wir konnten uns aufeinander verlassen – es lief gut. Wir befreiten Plüschs und stellten dann fest, dass wir ihnen nicht sagen konnten, wohin sie gehen sollten. Meistens war das Fundbüro der einzige Ort, wo sie ungestört leben konnten. Denn durch die fehlende Bindung zu den Felllosen suchte sie auch niemand und sie konnten eine Weile in den Regalen genesen. Selbst bei Auktionen blieben sie meistens dort, denn sie waren zu abgegriffen, um noch ein neues ‚Zuhause' zu finden. Wir fingen also an uns zu fragen, ob das alles war. Ob es wirklich keine andere Möglichkeit gab. Dann hörten wir Gerüchte über die Städte in den Tunneln. Wo Plüsch sich verwirklichen konnte, ohne ständig in Lebensgefahr zu schweben. Wo das Leben zwar hart, aber frei war. Wir machten uns zuerst selbst auf den Weg. Wir konnten ja keine physisch labilen, traumatisierten Plüschs ins Unbekannte schicken. Also suchten wir nach der Quelle dieser Gerüchte, trafen Gleichgesinnte und fanden schließlich die Schmuggler, die uns hierher brachten. Wir sind noch oft nach oben zurückgekehrt, um anderen den Weg zu zeigen. Aber mit den Jahren wurde unser Fell morsch und die Gelenke wollten nicht mehr so wie wir. Also setzten wir uns hier zur Ruhe.«

Es traf mich wie ein Honigtopf. Uns hatte er das nie erzählt. Wir hatten nie gefragt ... Wir hatten uns in unserer Lethargie einfach dem Tag hingegeben und nicht hinterfragt, was eigentlich los war. Ob vielleicht wir es waren, die sich von der Gesellschaft ausgeschlossen hatten und nicht die Gesellschaft uns? Wir hatten uns zu sehr den Weisheiten der großen Alten über die Einsamkeit hingegeben. Einsamkeit beginnt im eigenen Herzen. Ich überlegte, woher ich dieses Zitat kannte, aber mir fiel keine Quelle dazu ein.

Die kleine Fledermaus ließ ihre kurzen Beinchen herunterbaumeln und ihre flauschigen Flügelchen wippten aufgeregt hin- und her. Ich beneidete die beiden um ihre neu entdeckte Freundschaft. Ich hätte mir auch jemanden an meinem Bett gewünscht, der meinen Geschichten zuhörte.

Der nächste Honigtopf an meinem sturen Schädel. Wann waren meine Geschichten das letzte Mal lustig gewesen? Also nicht lustig, weil ich über jemanden einen Witz machte, sondern lustig, weil schön? Würde ich es mit mir selbst aushalten? Ich wartete einige Herzschläge ab, denn die Antwort, die ich in meinem Kopf fand, gefiel mir so gar nicht. Sie änderte sich nicht. Ich war es, der sich zurückgezogen hatte. Nicht sie. Ich war es, der Hals über Kopf aus dem Krankenzimmer geflohen war. Ich selbst hatte meine Weiche in Richtung Abstellgleis geführt, und jetzt hatte ich Hase dorthin mitgerissen. Einsamkeit war ein Trugschluss. Konnte Plüsch wirklich einsam sein? Wollte Plüsch einsam sein? Ich glaube nicht. Eigentlich wollte ich in den Arm. Wollte, dass jemand mein Fell kraulte und mich lieb hatte. Vielleicht sollte ich selbst damit anfangen. Ich rappelte mich auf.

»Eve?«

Die kleine Maus schaute zu mir hinüber: »Ja, Regenbogen?«

»Ach nein, vergiss es.«

»Was denn nun?«

Ich seufzte; ich hatte vergessen, wie redselig sie war und vor allem wie zäh. Anders hätte sie es wohl nicht geschafft, Adam davon zu überzeugen, mit ihr diese drehende Schlange-Nummer zu versuchen.

»Okay, hör zu. Ich möchte versuchen, Hase zu befreien.«

»Ja, wir kommen mit!«, sagte sie sofort.

Ich war perplex. Genau das hatte ich doch erst fragen wollen und mir soeben sicherlich eine U-Bahn lang überlegt, wie ich es ihr beibringen sollte.

»Ja, also... », stammelte ich und brach wieder ab.

»Wir warten auf dich im Varieté für die Planung«, sagte sie und hüpfte vom Bett herunter.

»Auf mich?«, gelang es mir zu fragen, ehe sie aus dem Zimmer verschwunden war.

»Ja und auf den Braunen. Du bist der Ansager, Regenbogen. Wer soll denn sonst die Ansagen machen?« Ihre braunen Knopfaugen maßen mich mit einer Mischung aus Verwunderung und etwas, das nach Bewunderung aussah, aber eigentlich sicher irgendetwas anderes bedeutete.

»Ja ... », stammelte ich. »Die Ansagen ...«

»Also bis gleich!«

Ich stand da wie von einer U-Bahn angefahren. Als sei nichts gewesen. Sie taten alle so, als sei nichts gewesen. ‚Regenbogen'. Der Name klang so fremd. Irgendwie unwirklich. Ich bemerkte, dass Panther mich schon eine ganze Weile beobachtete. War das da wirklich ein Lächeln auf seinem Gesicht? Nein, das Licht warf nur seltsame Schatten.

»Geh schon, ich komme nach!«, brummelte er und begann gleich darauf wieder zu husten, dass mir angst und bange wurde. Ich trat an sein Bett und murmelte:

»Dass Du dir ja kein Ticket löst, ohne dich zu verabschieden. Hörst Du?« Allein der Gedanke daran trieb mir die Tränen in die Augen.

»Nun geh' schon«, drängte Panther. »Ein Zug kommt, wann er kommt und er nimmt keine Rücksicht auf die, die zu spät sind.«

# KAPITEL ZWEIUNDZWANZIG

*»Wir müssen die Dinge lustiger nehmen, als sie es verdienen, zumal wir sie lange Zeit ernster genommen haben, als sie es verdienen.«* (Nietzsche)

Der Braune wartete auf mich in der Nähe des Varietés. Er hatte sich von irgendwo eine Zig besorgt und rauchte sie zufrieden. An seiner Brust prangte der Sheriffstern, den er früher im Varieté immer getragen hatte. Er hatte ihn in die Ecke gepfeffert, als wir es uns im Abstellgleis eingerichtet hatten. Wir teilten die Zig brüderlich, während wir dem bunten Treiben auf der Straße zusahen. Plüschs in allen Farben und Formen flanierten durch die Straßen. Hier und da hielten sie an einem der vielen Stände an, um sich Zuckeräpfel, Liebesperlen oder eine romantische Lakritzschnecke zum gemeinsamen Abrollen zu kaufen. Die alten Bahnsteiglampen versorgten uns zuverlässig mit Licht, sodass wir es immer taghell hatten.

»Hat dich Eve auch klein gequatscht?«, fragte der Braune, nicht ohne seinen typischen, brummigen Unterton.

»Ja«, nickte ich.

»Mh...«

»Meinst Du, ...«

»Hat noch keiner versucht.«

»Weil es dumm ist?«

»Weil alle Angst haben«, analysierte der Braune.

»Mh...« stimmte ich zu.

»Zu Recht.«

»Mh«, seufzte ich wieder. Ich konnte, wollte und durfte nicht noch eine Frau an die Ratten verlieren. Ich könnte dann nicht mehr in ein Spiegelkabinett gehen und mich ansehen, ohne mich zu schämen. »Bist du dabei?«

»Mh!«

Der Braune drückte sich von der Wand weg und folgte mir zum Varieté. Automatisch gingen wir durch den Nebeneingang, und nicht durch den Haupteingang. Die Tür lehnte nur an; noch immer benutzen sie dafür einen alten ungenutzten Socken als Stopper. Davon verloren die Fellosen jede Menge. Der vertraute Geruch von Staub und Haarspray wehte aus der Umkleidekabine herüber. Wir hörten Stimmen von der Bühne. Unser Lieblingsversammlungsort. Ich sah wehmütig zu der Treppe, die zu ihrem Zimmer führte.

»Ich komme gleich nach, Brauner.« Ich nickte noch einmal gewichtig und ging hinauf. Langsam, Stufe für Stufe. In Gedanken hatte ich den Ring in meiner Tasche. Wo war er eigentlich? Ich grübelte. Nachdem ich die Sache mit unserer Hochzeit vergeigt hatte, hatte ich ihn irgendwo hingesteckt, aber gerade fiel es mir nicht ein. Vielleicht war er zwischen den Gleisen verschwunden. Ich hatte ihn damals in einer Nacht-und-Nebel-Aktion aus dem Süßigkeitenautomaten auf der Bahnstation der Felllosen besorgt. Es war ganz schön knifflig gewesen, mit einem Draht daran zu kommen. Es erschien mir romantisch; sie hätte es wohl leichtsinnig genannt und mich dafür gescholten.

Ich stand oben vor ihrer Tür und wollte anklopfen. Zögerte. Klopfte und wartete. Wie damals ... Keine Antwort. Dann öffnete ich die Tür und blieb auf der Schwelle stehen. Der Raum war leer. Nicht leer im eigentlichen, sondern leer im anderen Sinne. All ihre Sachen standen noch so, wie sie sie hinterlassen hatte. Die Koffer halb gepackt, der Tisch voller Schminkutensilien. Kein Staub war zu sehen. Jemand schien hier ab und an zu putzen.

»Auf dem Tisch liegt auch noch etwas für Dich.« Ich fuhr zusammen. Mein Fell sträubte sich auf, als sei ich eine Katze.

»Eve!« Ich hielt mir die Pfote auf mein pochendes Herz.

»Oh entschuldige, ich dachte, Du hättest mich gehört?« Eve stand neben mir, und selbst jetzt hätte ich sie gut übersehen können, so klein war sie.

»Was sagst Du? Warum liegt etwas auf dem Tisch für mich?«

»Du warst plötzlich weg. Wie sollten wir es Dir denn geben?«

Ich nickte. Sie hatte Recht. Nach ihrer letzten Reise und meiner Genesung hatte ich es nicht mehr über mich gebracht, zurück zum Varieté zu gehen. Später, als ich sah, dass sie nach wie vor Vorstellungen gaben, empfand ich es als Grabschändung. Wie konnten sie ohne sie auftreten? Ohne die Nachtigall? Wieder traf mich so ein Honigtopf. Was mich eigentlich gestört hatte, war wohl eher, dass sie ohne mich aufgetreten waren. Ohne ihren Ansager. Wo ich doch noch lebte. Ich war wohl doch nicht so wichtig, wie sie mir immer weismachen wollten. Kurz: Ich war beleidigt.

Der nächste Honigtopf traf mich mit voller Wucht in den Magen: Und weil ich beleidigt war, wurde ich auch äußerlich klebrig und staubig.

»Regenbogen?«

»Ähm ja?«

»Was denkst Du?«

Ich schluckte, kratzte mich mit der Pfote hinter dem Ohr. »Ich hätte früher wiederkommen müssen.«

»Ach, wir wussten ja, dass du irgendwann wieder da bist.« Sie lachte mich an: »Willst Du es nun haben oder nicht?«

Ich nickte und folgte ihr in das Zimmer. Erstaunlicherweise war es nicht schlimm. Ich sah ihre Kostüme, ihre Bilder und ich musste lächeln. Sie hätte Vergnügen daran gehabt, Hase zu befreien, wäre Feuer und Flamme gewesen.

Ich schlug mir vor den Kopf.

»Feuer!«

»Wo?«

»Wir brauchen Feuer!«

»Wo?«

»Bei den Ratten. Sie haben Angst davor.«

»Ja, wir auch?« Eve starrte mich an. Ich glaube sogar, ihre Knopfaugen wurden vor Schreck etwas größer.

»Ja, ja. Aber wir wissen auch, dass alles auf der Bühne ein Trick ist, hm?«

Jetzt war es an ihr, beleidigt zu sein: »Es ist eine Frage des Trainings, der Disziplin und des Könnens!«

»Ja, entschuldige. So meinte ich das nicht. Ich erzähle Euch gleich, was ich mir vorgestellt habe, ja?«

Eve nickte und deutete auf ein Paket auf dem Tisch: »Ich bin mal unten.«

Ich wartete, bis Eve die Treppe hinunter gesprungen war, ehe ich mit zittrigen Pfoten nach dem kleinen Päckchen griff. Sie hatte etwas in eine Weihnachtsserviette eingewickelt, die mit lauter kleinen, rotnasigen Rentieren bedruckt war. »Für den farbigsten Regenbogen« stand auf einem kleinen Zettel. Vorsichtig löste ich die Schleife aus Paketband und faltete es auf. Der Inhalt fiel mir trotz aller Vorsicht entgegen. Eisstiele! Es mussten um die fünfzig Eisstiele sein. Wo hatte sie so viele nur her? Das war ein Vermögen oder viele Stunden Arbeit wert. Auf einen von ihnen hatte sie sogar ‚Folge Deinem Traum' geschrieben. Mein Bauch erwärmte sich. Mein Regenbogenfell wurde ganz rotstichig, als ich eine Träne verdrückte. Sorgfältig packte ich die Stiele wieder zusammen, wickelte die Serviette darum und legte sie zurück auf den Tisch. Ich würde sie mir später abholen. Das war ein Versprechen. Eines, das ich gerne mit Hase gemeinsam einlösen wollte. Selbst wenn Hase mich nicht wollte, ich musste mir dann wenigstens nicht wieder vorwerfen, nicht alles versucht zu haben. Und wenn ich mich deswegen mit Candy anlegen musste. Eine zweite Frau würde ich den Ratten nicht schenken.

Ein weiteres Paket lag dort. Es hatte, genau wie meines, ein kleines Schild daran. ‚Für den Braunen Brummbären'. Ich lachte, ja, so hatte sie ihn immer genannt. Ich steckte es in meine Tasche. Darüber würde er sich sicherlich freuen. Ich erkannte ja schon an der sternförmigen Verpackung, was darin war.

# KAPITEL DREIUNDZWANZIG

*»Keiner ist so verrückt, dass er nicht einen noch Verrückteren findet, der ihn versteht.«* (Nietzsche)

Der Braune führte unsere Expedition an. Zwei Sterne an seiner Brust zeichneten ihn eindeutig als Anführer aus. Der Neue war aus Silberplastik und trug die Aufschrift ‚POLIZIST'. Eve hüpfte aufgeregt auf und ab. Würde sie fliegen können, hätte sie uns wohl alle in die Tasche gesteckt und die Ratten im Alleinflug erledigt. Leider konnte Eve nicht fliegen und wir waren ein Haufen ängstlicher Plüschs, die sich eigentlich zum völlig falschen Zeitpunkt an einem völlig falschen Ort befanden. Ich glaube, wir drehten nur nicht um, weil niemand den ersten Schritt machen wollte. Es stank so erbärmlich nach Kot und Ammoniak. Zudem war es nahezu unmöglich, leise zu sein. Immer wieder ermahnten wir uns mit gewichtigen Blicken, nur um wieder kollektiv zusammenzufahren, wenn jemand seine Pfote in einer alten Zeitung verhedderte oder in einem herumliegenden Draht hängen blieb. Überall lag Zeug herum. Hier hatte noch nie jemand aufgeräumt. Die Ratten schienen alles, aber auch wirklich alles zu sammeln und hierher zu schleppen. Ich sah Süßigkeitentüten in verschiedenen Erhaltungszuständen, jede Art von Pfandflasche, Dosen – sogar seltene Samml-

reditionen rosteten hier neben alltäglichen Dosen für Eintöpfe herum.

Wir hatten uns lange gestritten. Ich versuchte ihnen auszureden, uns in den Untergang zu folgen und sie versuchten mir einzureden, dass wir auf keinen Fall würden alleine gehen, weil sie uns nicht ließen. Der Braune und ich hatten es mit allen Mitteln versucht. Wir hatten die drei großen Alten zitiert, wir hatten sie als dumm gescholten, wie hatten sie ausgelacht und ihnen Angst gemacht – und uns damit auch. Aber sie waren so stur, dass wir irgendwann einfach aufgegeben hatten. Und nun waren wir hier. Mitten in einem finsteren Gang, vor uns eine Hölle aus Ratten und hinter uns die süße Freiheit der Feigheit.

‚Es gab kein Zurück', heißt es immer so romantisch in den Büchern. Dumm nur, wenn es sich in der Realität nur halb so heroisch anfühlte, wie aus dem sicheren Abstand von Buchstaben und Zeilen. Das hatten die großen Alten nicht gesagt oder geschrieben. Eine hochgehaltene Pfote des Braunen ließ uns, mehr oder weniger professionell und halbwegs leise, zum Stehen kommen. Er nickte grimmig und bedeutete unserem Spezialtrupp – Team Eins – zu starten.

Miriam schlich sich gemeinsam mit Eve und Grisu nach vorne in die Dunkelheit, in Richtung Höhlenhaupteingang. Wir alle drückten unsere linken Pfoten gegen die Brust, ein alter Schauspielergruß. Der Braune hingegen starrte angestrengt nach vorne in die Dunkelheit. Jetzt war es an der Zeit, dass ich meiner Aufgabe nachging. Ich schulterte den Rucksack und wandte mich nach links. Die geflüsterten »Viel Glück, Regenbogen!« versuchte ich mit abwehrender Pfote zu beantworten. Es rührte mich mehr, als ich mir eingestehen mochte. Also stieg ich übertrieben dynamisch über ein, zwei alte Gleise und folgte den anderen in die Schwärze. Ich musste die Ratten umrunden, um zum Hintereingang zu gelangen. Ratten hatten zum Glück überall Fluchttunnel, und das würden wir nun gegen sie verwenden. Kein leichtes Unterfangen und noch dazu eines, das eher halsbrecherisch denn klug schien. Sie könnten mich jederzeit entdecken, es brauchte nur eine Patrouille in meiner Richtung unterwegs sein. Ich hoffte sehr, dass unser Ablenkungsmanövertrupp – Team Zwei – erfolgreich war. Carlos, der eigentlich Klaus hieß, und Panther machten in einem nahegelegenen Tunnel Lärm für hundert Varietés. Wenn ich meine Ohren ganz fest spitzte, konnte ich die unangenehme Mischung aus Tröten und Husten bis hierher hören. Ich hoffe, sie würden schnell genug wieder weg sein. Panther hatte darauf bestanden, mitzukommen. Ich hatte zugestimmt. Nachdem ich schon alle anderen in den Tod führte, kam es wohl auf einen mehr auch nicht mehr an.

Warum machte ich diesen Kram eigentlich? Die zwei großen Alten hatten, so verstand ich es jedenfalls, nicht allzu viel von Frauen im Allgemeinen gehalten. Dann dachte ich an Hase und ihre sanfte Stimme, ihre nervigen Fragen, die eigentlich gar nicht so dumm waren; ihre Ohren, die aufgeregt hin und her wippten, wenn sie sprach. Und sie sprach oft.

Ich konnte die Ratten schon hören. Zum Glück konnten sie uns nicht gut riechen. Wir Untergrundplüschs waren meistens eins mit der U-Bahn hier und so kam ich zu meinem Erschrecken ganz gut voran. Ich ging hinter einer Sammlung alter linker Schuhe in Deckung und schnaufte durch. Dann hob ich meinen Rucksack über die rechte Schulter und stellte ihn leise auf einem blauen Chuck ab. Ich öffnete ihn und holte eines der Überraschungspakete heraus. Ich hoffte, Grisu hatte es wirklich so genial gebaut, wie er es behauptete hatte. Ich stellte es hin und schulterte den Rucksack wieder. Ob ich nah genug an den Ratten dran war? Nicht, dass es zwischen hier und dort noch mehrere Gänge gab. Eigentlich gab es wohl überall noch mehrere Gänge. Sollte ich es wagen, noch weiter vor zu krabbeln? Ich fasste mir ein Bärenherz und setzte eine Pfote nach der anderen vorwärts. Es war nur eine Frage der Zeit, bis sie mich entdeckten.

Am Rand der Höhle saßen zwei Ratten und bewachten den Eingang. Flankiert wurden sie von aufgespießten Plüschleichen, deren Fell traurig und nass von der Decke hing. Die Felle wogen hin und her wie Gespenster. Sie bewegten ihre Arme und Beine, als wären sie lebendig. Mein Bärenherz zog sich zusammen und wäre fast wieder zurück zu den anderen geflohen, wäre da nicht Hase. Die Seelen dieser armen Plüschs hatten schon vor einer ganzen Weile das Ende des Tunnels erreicht. Hase hingegen war vielleicht noch am Leben, und wenn ja, dann war es meine Pflicht, alles zu versuchen, damit sie befreit wurde. Niemand hatte es verdient, dort zu sein. Wirklich niemand.

Ein Fanfarenstoß erster Güte hallte durch die Höhle. Er warf sich mit solchem Schwung gegen alle Wände, dass diese gar nicht anders konnten, als zu erbeben. Das Echo warf den Klang hundert-, ach was, tausendfach zurück. Mir wurde ganz schummrig. Fast hätte ich meinen Einsatz verpasst, denn es war alles genau choreographiert. Also öffnete ich die Klappe und zündete mit zitternden Pfoten das Überraschungspaket. Ich zielte damit in Richtung der Rattenwachen und hätte mir am liebsten auch gleich noch die Ohren zugehalten. Die Feuerwerkskörper rasten aus dem Paket hervor, als wäre die U-Bahn persönlich hinter ihnen her. Funken stoben wie bei einer Vollbremsung nach hinten weg. Ich ließ das Ding fallen und schlug panisch nach den Funken, die mein Fell getroffen hatten. Beim Orakel und den drei großen Alten, worauf hatte ich mich hier eingelassen?

Auf der anderen Seite der Höhle brach nun eine zweite Ablenkung los. Ein, wenn man es von außen betrachten würde, sicherlich sehr schön geplantes Inferno aus Funken und gespucktem Feuer. Soweit lief alles nach Plan. Doch dann fiel mir auf, woran wir bei aller Euphorie nicht gedacht hatten: Hase war irgendwo dort drin und ihr Fell war brennbar wie Zunder.

# KAPITEL VIERUNDZWANZIG

*»Die Perfektion der Mittel und die Verwirrung der Ziele – das scheint unsere Zeit zu charakterisieren.«* (Schopenhauer)

Ich hörte den Sturmangriff von Team Drei (‚Alle, die noch übrig sind') aus Richtung der Abstellgleise. Sie hatten die Seifenblasenmaschine präpariert und ließen sie nun mit vollem Gebläse und der Kraft von Bip und Bop laufen, um Seifenlauge in die Augen potentieller Ratten zu schleudern. Etwas fehlte jedoch. Jemand musste diese Show moderieren! Woher sollten die Zuschauer wissen, welcher fantastische Akt als Nächstes kommen würde? Ich, Einplüscharmee und damit Suizidteam Vier, stürmte nach vorne in die Hölle hinein. Die Wachratten am Eingang waren dank meines Feuerwerks verschwunden. Zu meiner Überraschung brannte nicht alles. Es war eher so, dass immer wieder scheinbar aus dem Nichts Funken aufstoben, Rauchschwaden oder kurze Feuerstöße aufloderten. Ohrenbetäubender Krach untermalte das Ganze. Dosenberge, Pfandflaschenpalisaden, Schokoladenpapierabdeckungen, Caprisonnenschlaflager, und dann verfing sich mein Fuß in einem Drahtbügel. Ich flog der Länge nach hin und endete mit der Schnauze in einer Tüte Salzbrezeln. Natürlich leer. Jemand zog mich sofort wieder auf die Füße. Der Braune!

»Keine Zeit rumzuliegen, wir müssen sie finden, bevor ihr Fell anfängt zu brennen.«

Lange würde unser Überraschungsangriff nicht mehr halten. Das lag in der Natur der Sache. Er griff nach meinem Rucksack und warf ihn sich über die Schulter. Wir stürmten weiter in Richtung des Hintereingangs. Aus meinem Fehler mit dem Bügel hatte ich gelernt, aufmerksamer zu sein, wohin meine Pfoten sich setzen wollten. Also rammte ich stattdessen mit dem Kopf gegen ein Rohr, während der Braune sich elegant geduckt hatte. Ich sah Sterne. Nicht nur, weil ein Sternenfeuerwerk auf der anderen Seite der Höhle gezündet wurde. Carlos, der eigentlich Klaus hieß, trompetete zum zweiten Mal. Beim dritten Fanfarenstoß würden sich alle zurückziehen und wir waren auf uns alleine gestellt.

Eine Sammlung alter Rohre und Wellblechteile versperrten uns den Weg. Der Braune zog mich gerade noch hinter einer geöffneten schwarzen Sporttasche in Deckung. Dort standen Wachen, die sich von dem Spektakel hinter und vor ihnen nicht beeindrucken ließen! Ich lugte an einer alten, nach Rattenkot miefenden Hose vorbei. Aufrecht auf den Hinterpfoten stand dort eine Ratte mit geringeltem Schwanz und riesigen Ohren. Ihre Schnauze zuckte verdächtig in unsere Richtung. Mir wurde das Herz schwer.

»Ich dachte, er ist tot!«, flüsterte ich.

»Hatte ich auch gehofft«, erwiderte der Braune genervt.

»Brauner, nimm bitte Deine Pfote aus meinem Ohr«, flüsterte plötzlich jemand Drittes.

»Panther!«, entfuhr es uns beiden – so laut, dass wir froh waren, dass in diesem Moment Carlos, der eigentlich Klaus hieß, zum dritten Mal trompetete. Bip und Bop gaben alles und verteilten ein letztes Mal die Seifenlauge, während Grisu die Schreckschusspistole abschoss, die wir einmal zwischen den Gleisen entdeckt und sichergestellt hatten. Das blendende Rot badete die Ratten vor uns in einem schauderhaften Licht. An der Tunnelwand prangten die Buchstaben ‚RHW-GI!' Als ich noch rätselte, was sie wohl bedeuteten, stieß uns der Braune in die Seite. Jetzt oder nie! Eine Mauer aus Plüsch, Tapferkeit und ein wenig Wahnsinn rannte auf eine kleine Gruppe kampferprobter Überlebenskünstler zu. Einige stoben zur Seite, vermutlich, weil sie blind und noch dazu erschrocken waren. Drei von ihnen jedoch, darunter der mit dem geringelten Schwanz, blieben stehen und empfingen uns mit aufgerissenen Mäulern. Sie fauchten, dass mir die Fäden im Fell gefroren. Panther schubste uns beiseite: »Ich halte sie auf. Rettet Hase!« Dann warf er sich auf die Drei und begann den dritten großen Alten zu zitieren.

»Wir können ihn nicht zurücklassen!«, brüllte ich.

»Wir können jetzt auch nicht anhalten!«, schrie der Braune zurück. Er hatte Recht. Wir rutschten auf kleinen Kugeln aus Styropor oder Erbsen oder anderen Dingen, die ich gar nicht so genau erkennen wollte, einen Gang hinab. Wir hielten uns aneinander fest. Unsere Pfoten brannten, wir schlitterten weiter. Ich stieß mir ein zweites Mal den Kopf. Dann waren wir angekommen. Im Nest, oder wie auch immer Ratten ihre Heimat so nannten. Wir erkannten es zum einen an der Menge an Ratten, die sich uns kampfbereit in den Weg stellten, und zum anderen an dem bestialischen Gestank, der uns entgegenströmte. Ich dachte daran, dass dies ein guter Augenblick war, um etwas Heroisches zu sagen; den dritten Alten zu zitieren, doch mir blieb in Anbetracht der Menge an Ratten und der Situation an sich einfach der Atem weg. Der Braune jedoch bewahrte einen felligen Kopf. Er griff in seine Tasche und holte unsere heilige Handgranate hervor. Die kleine, unscheinbare Dose wirkte so friedlich in seiner Hand. Sie war bedruckt mit einem fröhlichen Kuhmuster und einer Wiese mit gelben Blümchen. Ich hielt mir die Ohren zu. Dann drehte er sie. Es war bestialisch und die Ratten erstarrten. Angeblich handelte es sich bei dem Ding um ein Kinderspielzeug, doch das konnte ich mir beim besten Willen nicht vorstellen.

Schritt für Schritt gingen wir vorwärts, und die Ratten wichen zurück in alle möglichen Gänge. ‚Brausebonbons, Lärm und Licht mögen kleine Ratten nicht', dichtete mein Verstand, da der Rest von mir viel zu gelähmt war, um diesen schlechten Reim zu verhindern. Dann sah ich es. Am hinteren linken Ende, in der Nähe eines seltsamen, besonders hohen Berges aus Unrat, befand sich ein Käfig, vor dem die Ratten ebenfalls zurückwichen. Hase! Sie stand und fuchtelte mit irgendetwas vor sich hin. Eine größere Ratte näherte sich ihr. Es war eine weiße, sehr groß, vernarbt und irgendwie vermutlich so etwas wie ein Anführer. Die Ratte trug das Plüschfell eines Löwen um ihre Schultern. Es hatte ausgefranste Ränder, war aber deutlich zu erkennen. Ich stürmte los! Meinen Schraubendreher emporgestreckt wie eine Lanze. Die runden Dinger, die sich immer noch unter meinen Pfoten befanden, beschleunigten mich ungemein. Ich schrie. Die Ratte schrie, Hase schrie und alles war mit einem unglaublichen Getöse dieser kleinen Dose untermalt, die der Braune tapfer drehte und schwenkte, damit sie ja niemals schwieg.

Das Metall bohrte sich durch das Fell des Löwen. Erschrocken ließ ich los, als dieses weiße Vieh, den Schraubendreher in der Seite des Umhangs, sich zu mir umdrehte und mich mit ihren rot unterlaufenen Augen musterte. Dann sprang sie auf mich zu. Ich hielt meinen Dosenschild schützend vor mich. Es schepperte, als die Ratte darauf einschlug. Ich hielt ihn verzweifelt fest. Wie gerne hätte ich jetzt einen Upsidedownkick angewendet, den ich jetzt gegen den Kiefer der Ratte hätte schleudern können. Dann erwischte mich eine krallenbewehrte Pfote. Meine Seite riss auf und die erste Füllwatte quoll daraus hervor.

Das hier musste der sagenumwobene Rattenkönig sein. Es war keine Schande, von ihm in Fellteile zerpflückt zu werden. Hase wurde nun von zwei Seiten bedrängt. Sie hechtete in ihrem Käfig hin und her, um sich ihres Fells zu verteidigen. Ich musste es zu ihr schaffen. Mein Schraubendreher steckte im Löwen fest und ich kam vor lauter wirbelnden Krallen nicht mehr heran. Mein Dosenschild schien den Rattenkönig recht wenig zu beeindrucken. Ich war nervös, also fing ich während des Kampfes an zu reden:

»Meine Damen und Herren, werte Gäste. Ich begrüße sie heute Abend zu unserer Sondervorstellung »Im Rattennest«.

# KAPITEL FÜNFUNDZWANZIG

*»Der Beruf ist eine Schutzwehr, hinter welche man sich erlaubterweise zurückziehen kann, wenn Bedenken und Sorgen allgemeiner Art einen anfallen.«* (Nietzsche)

Als hätte ich einen Stecker gezogen, verstummten die versammelten Ratten. Hunderte von Augen wandten sich mir zu. Meine Knie waren weich wie Schokoladenkuchen und mein Magen fühlte sich an, als hätte ich zu viel Brause getrunken. Lampenfieber. Ich räusperte mich:

»Wir ... Äh ... Begrüßen sehr herzlich unseren Ehrengast, den werten König der Ratten. Applaus bitte«

Zu meinem Entsetzen schlugen die Ratten mit ihren Schwänzen auf den Boden, an Dosen, auf Plastik und an die Wände. Die ganze Höhle hallte davon wieder. Der Braune stieß mich in die Seite und deutete unauffällig zu dem wie hypnotisiert wirkenden König hinüber. Ich verstand. Ihn hatte plötzlich die Panik ergriffen, wie es fast jedem Zuschauer passierte, wenn er unerwartet in den Genuss der vollen Aufmerksamkeit des Publikums kam. Ich fuhr fort:

»Hochverehrter König der Ratten, es ist uns eine besondere Ehre, die wir gar nicht anders zu beschreiben wissen, als mit einer ... der berühmten Parabeln aus dem fernen Broadway.«

Gespannte Stille umfing mich. Mein Gehirn raste und mein Bärenherz schlug gegen mein Fell als wollte es flüchten. Ich hatte keine Ahnung, was ich eigentlich gerade brabbelte. Der Braune machte sich heimlich auf den Weg, jetzt wo alle Aufmerksamkeit bei mir lag, als hätte ich einen Hut dafür aufgestellt.

»Der Broadway, ein Land, in dem unsere kühnsten Träume Wahrheit und unsere schrecklichsten Alpträume weit entfernt sind. Ein Land in dem Bäche aus ...« – fast hätte ich ‚Honig' gesagt – »Speck und Barbecue-Soße die sanften Hügel hinabfließen.«

Der Braune stand nun zwischen zwei gebannt zu mir hinüberstarrenden Ratten. Schnell sah ich fort und fasste die anderen Zuhörer in meinen Blick. Nicht, dass es mir jetzt besser ging. Als ich die grässlichen Zähne, die Krallen ... Ich fuhr fort:

»Wie Steine liegen dort große Räder aus Käse über die Wiesen aus ... bestem Nistmaterial verstreut und warten nur darauf, angeknabbert zu werden.« Langsam kam ich in Fahrt. Meine Stimme hatte ihre alte Stärke und vor allem Lautstärke wiedererlangt. Der Braune war mittlerweile bei Hase angekommen. So leise es ging versuchten sie gemeinsam, den Käfig zu öffnen. Als ich merkte, dass die Stille um mich herum ungeduldig wurde, fuhr ich schnell fort:

»Stellt Euch vor; Bäume, an deren Ästen viele von diesen kleinen saftigen Würstchen hängen. Ihr Duft lockt die ... Fleischbienen an. Sie fliegen von Würstchen zu Würstchen ...« Ich hörte mir selbst kaum zu, während ich sprach, sondern schaute immer wieder hin, wie die beiden langsam die Kette zwischen den Gitterstäben hindurchschoben, die den Käfig verschloss.

»Den Nektar wandeln die fleißigen Arbeiter dann in die leckersten Soßen um. Honey-Mustard, Chili, oder Smokeyeye. Heiße Steine laden dazu ein, auf ihnen das Fleisch zu grillen.« Ich überlegte fieberhaft, was ich noch erzählen konnte. Ich war ein Plüsch und damit aß ich ausschließlich süß; deftig war nicht meines. Eine Ratte mit einer knarzigen, überfahrenen Stimme fragte:

»Und Korn?«

»Korn, natürlich.« Gönnerhaft öffnete ich meine Arme und sah dem Sprecher in die Augen. Er war klein und ausgemergelt, sein Fell fleckig und an einigen Stellen verfilzt. Ich war ihm dankbar für diese Frage. Es war für den Ansager wichtig, dass das Publikum Impulse gab: »Es gibt Felder, soweit das Auge reicht, mit goldenen Ähren. Sie sind das ganze Jahr über reif und ... schmackhaft.«

Wie sollte ich hier wieder den Bogen bekommen? Was wollte ich eigentlich überhaupt erzählen? Wollte ich wirklich, dass diese Ratten Hunger bekamen? Der Braune und Hase hatten mittlerweile die Kette entfernt. Nun versuchten beide, die Tür aufzuschieben. Ein fieses Quietschen durchfuhr die ansonsten stille Höhle. Schnell erzählte ich weiter, meine Stimme lauter denn je:

»Die Bäume sind voll mit weichen Baumwollflocken für besonders feine Nester. Jedem steht es frei, sich dort nach Herzenslust zu bedienen und sich ...« Langsam gingen mir die Ideen aus, was so Ratten wohl mögen konnten. Ich sah, wie Hase sich durch den engen Spalt zwängte, während der Braune angriffsbereit dastand und ihre Flucht deckte.

»Was denn? Jeder darf ein weiches Nest haben?« fragte eine andere, schmutzig-weiße und ebenfalls ausgemergelte Ratte. Ich erfasste die Situation auf einen Blick und suchte nach einem passenden Zitat der großen Alten, über Gleichheit und das Recht des Einzelnen, doch mir fiel keines ein. Die Stimmung drohte zu kippen. Es sah nicht gut aus. Die ersten Ratten bewegten sich aus ihrer Starre heraus, und noch waren Hase und der Braune nicht in Sicherheit. Verzweifelt versuchte ich es selbst:

»Es ist das Geburtsrecht eines jeden Individuums, sich ein eigenes Nest zu bauen. So steht es im gemütlichen Manifest geschrieben. Jeder hat das Recht auf eine eigene Kuscheldecke, sowie darauf, im richtigen Moment geknuddelt und mit genügend warmem Honig versorgt zu werden.«

Es klang irgendwie schlüssig und ich hätte es auch so unterschrieben. Die Ratte vor mir, deren Stimme eben noch so gruselig und leise geklungen hatte, wurde deutlicher: »Ist es also nicht üblich dort, die Kleinen zu schubsen?«

»Nein«, versicherte ich schnell. »Niemand sollte geschubst werden, das sagen schon die drei großen Alten in aller Deutlichkeit. Es ist wichtig ...«

»Genug!«, dröhnte es plötzlich, als würde man eine U-Bahn aus dem Gleisbett werfen. »Blasphemie!«

Ich war wie erstarrt. Der Rattenkönig höchst selbst fletschte die Zähne in meine Richtung.

Schwerfällig, langsam bewegte er sich zu mir. Mein Bärenherz versagte den Dienst.

»Ah, seine Majestät beehrt uns erneut! Ein Applaus für seine Majestät, den König unter dem Berg! Applaus!« Meine Euphorie steckte irgendjemanden an, denn ich hörte das Klatschen mehrerer Pfoten, das sich wie eine Welle durch die Höhle fortsetzte. Der Rattenkönig funkelte mich an. Er durchschaute mein Spiel. Ich durfte ihn nicht zu Wort kommen lassen, dann würde die Magie der Bühne dahin sein.

Den Schraubendreher hatte er sich mittlerweile aus dem Löwenfell gezogen. Ich ging auf ihn zu, packte seine Vorderpfote schnell und hielt sie nach oben, ehe er mich kratzen konnte:

»Ein Dreifaches hoch auf den König!«

Irgendjemand, der sehr wenig nach Ratte, aber dafür sehr viel nach dem Braunen klang, rief: »Hoch«, und die Ratten fielen mit ein. Gelernt war gelernt.

In den allgemeinen frenetischen Jubel mischte sich jedoch auch das Gezischel einiger weniger. Im Augenwinkel sah ich die kleine schmächtige, schmutzig-weiße Ratte, wie sie mich durchdringend ansah. Ich wagte einen weiteren Vorstoß und proklamierte:

»Eine Seele, die sich geliebt weiß, aber selbst nicht liebt, verrät ihren Bodensatz – ihr Unterstes kommt herauf. Klammer auf: Nietzsche, Klammer zu.«

Die kleine Ratte nickte. Sie hatte verstanden, leider hatte auch der König begriffen, was ich gerade tat und es gefiel ihm absolut überhaupt nicht: »Tötet sie!« brüllte er.

# KAPITEL SECHSUNDZWANZIG

*»Die Frage ist ein Urteil, von dessen drei Stücken eines offen gelassen ist.«*
(Schopenhauer)

Ich hätte nicht gedacht, dass es eine Steigerung von Panik gab. Jetzt, wo ich starr vor Schreck auf seine Majestät und mein Ende wartete, entdeckte ich eine noch größere Art. Ich dachte so sinnlose Dinge wie: ‚Eigentlich hätte ich es sein sollen, der Hase befreit' und ‚Was genau mache ich eigentlich hier?', und dann zerbrach diese Gedankenwelt. Meine Angst ging im tosenden Lärm explodierender Feuerwerkskörper unter. Der Braune und Hase hatten das zweite Überraschungspaket gezündet und den Rucksack samt Inhalt einfach in die Höhle geschleudert. Ich nahm meine Beine in die Hand.

Der Rattenkönig schrie über den Lärm hinweg: »Tötet ihn, tötet ihn! Ich will sein Fell für meine Jungen! Der Kopf soll von der Höhlendecke baumeln! Bringt mir seinen Kopf!«

Ich rannte weiter; überall waren Blitze und Rauch. Sollte es so enden? Eine kleine Gruppe Ratten stellte sich mir in den Weg; sie hatten mich durch das ganze Chaos gewittert. Mir blieb – mal wieder – das Herz stehen. Ich sollte mich wirklich noch einmal ausführlich mit ihm über dieses ständige Schlagen und Stehenbleiben unterhalten. Das war ja kein Zustand. Zu meiner Überraschung winkte mir eine der Ratten zu, ihr zu folgen. Es war diese kleine, verfilzte Gestalt mit den klugen Fragen. Seine Freunde sahen nicht weniger nach Verlierern der Gesellschaft aus. Irgendwie fühlte ich mich ihnen zugehörig. Sie nahmen mich in die Mitte und stürmten mit mir zum Ausgang.

Wir holten den Braunen und Hase auf unserer Flucht ein. Die Ratten umringten uns schützend. Es war vielleicht ein halbes Dutzend. Allesamt irgendwie dürr, aber ich konnte das Feuer in ihren Augen sehen. Das Feuer eines brennenden Traums – im guten Sinne. Lodernd. Oder es war der Wahnsinn, der uns nun noch tiefer ins Verderben reißen würde. Ich beschloss, es heute mit vorsichtigem Optimismus zu versuchen. Wir bogen in einen Gang unweit vom Eingang ab und nach ungefähr fünfzig Gleisbalken hielten wir in einer dunklen Ecke an. Zwei Ratten schoben sofort Pappkartons vor den Eingang. Es schien eine Art zweites Nest zu sein, in dem ich mich hier befand. Kleiner, dreckiger und vollgestopft mit allerlei Kram. Hase flog mir um den Hals.

»Regen!«

Ich nahm sie in den Arm, etwas steif, das musste ich zugeben. Ich hatte eher das Gefühl, bei ihrer Rettung versagt zu haben und fand, dass sie eher dem Braunen um den Hals fallen sollte. Andererseits war es schön, so angeflauscht zu werden.

»Regen! Das sind Ratten!« zischte der Braune viel zu laut. Die Ratten quittierten dies auch sogleich mit einem finsteren Quieken und Keckern.

»Ich weiß mir kein schöneres Gebet, als das, womit alt-indische Schauspiele schließen: ‚Mögen alle lebenden Wesen von Schmerzen frei bleiben'. Klammer auf: Schopenhauer, Klammer zu«, zitierte ich einen der Drei. Es war recht gewagt, in so einer ernsten Lage ein Zitat in einem Zitat zu bringen, doch ich fand es passend.

»Ganz ehrlich meint ein jeder es am Ende doch nur mit sich selbst, und höchstens noch mit seinem Kinde. Klammer auf: Nietzsche, Klammer zu,« konterte der Braune mit Schopenhauers düsterem Kollegen prompt. Wo er Recht hatte, hatte er Recht. Ich geriet philosophisch ins Grübeln.

»Hallo?« mischte sich Hase in unseren Diskurs ein. »Ich würde sagen, sie haben uns gerade gerettet, wir sollten höflich zu ihnen sein.« Fast hätte ich aus einem Reflex heraus gemahnt, dieses Zitat doch zu kennzeichnen, aber ich erkannte schnell genug, dass es schlicht der Not entsprungen, der Tatsache unserer etwas ungünstigen Lage geschuldet und eigentlich recht klug war. Ich hatte mich mit dem Braunen mal wieder in einem ungünstigen philosophischen Disput verhakt, wie es uns unter Stress ...

Hase ignorierte uns und wandte sich an die Ratten: »Du bist doch der, der mir das Bonbon zugesteckt hat, oder?« Sie stupste eine der Ratten höflich in die Seite. Die Ratte nickte. »Danke sehr!« Hase besaß den Anstand, höflich zu knicksen. Altmodisch, aber dennoch eine angemessene Geste.

»Brauchen einen Wandel. Auch Omegas wollen ins Nest«, flüsterte die Ratte und ich war geneigt, mir meine Ohren zuzuhalten, denn sie klang, als würde ihre Stimme mit kleinen Krallen über Schiefersteine kratzen.

# KAPITEL SIEBENUNDZWANZIG

*»Ein neuer Gedanke wird zuerst verlacht, dann bekämpft, bis er nach längerer Zeit als selbstverständlich gilt.«* (Schopenhauer)

Da saßen wir also in dieser dunklen, feuchten kleinen Höhle; Meilen hinter dem Abstellgleis, das wir einst als Ende der Gesellschaft empfunden hatten. Es gab wohl immer noch einen düstereren Ort, wenn man nur genau hinsah. Zum Glück war es hier recht dunkel, sodass sich das genaue Hinsehen als schwierig erwies. Vielleicht war es aber auch eher so, dass alles eine Sache der Betrachtung und damit hinfällig war, denn der Geist ist leicht zu beeinflussen. Ich hing eine Weile meinen eigenen, sehr inspirierenden Gedanken nach, während der Braune so richtig in Fahrt kam. Er debattierte schon eine Weile mit den jungen Ratten, die sich selbst abfällig ‚Omegas' nannten, über ihren Wert als Individuen. Ein schwieriges Unterfangen, wenn man bedenkt, dass diese Burschen in einer vollkommen rückständigen Monarchie aufgewachsen waren. Ich hörte nur mit einem Ohr zu. In meinen Armen lag Hase und beschäftigte mein anderes Ohr.

»Ich wusste, dass Du kommst!«

»Wirklich?«

»Ja doch, Du hast mich schon einmal gerettet und da wusste ich einfach, dass Du es auch noch einmal tun wirst.«

»Hm mh!« machte ich und war mir nicht allzu sicher, was ich dazu hätte sagen sollen.

»Doch wirklich, die ganze Zeit sagte ich mir: Die kommen und retten dich. Wobei ich mir auch schon einen Fluchtplan zurechtgelegt hatte. Wir sind ja nicht im Märchen, wo die Prinzessin untätig herumsitzen muss, bis der weiße Ritter vorbeikommt.«

»Es ist doch so, dass jeder per Geburt mit allem nötigen ausgestattet wird. Wir sind perfekte Geschöpfe!« Der Braune hatte sich hingestellt und seine Faust nach oben gehoben.

Ich nickte einfach nur.

»Eure Ablenkung kam genau zur richtigen Zeit, auch wenn ich die Sache mit dem Feuer doch etwas gewagt fand! Du meine Güte, hatte ich Angst.«

»Ich auch«, gestand ich.

»Es gibt keine Schuld in diesem Sinne. Das würde ja Böswilligkeit unterstellen und wäre damit wider das Wunder unserer Schöpfung.«

Der Braune war Fell und Faden mit seinen Worten. Seine Zuhörer lauschten mucksmäuschenstill, wenn dieser Vergleich bei Ratten erlaubt war.

»Aber jetzt ist ja alles gut!« Hase schmiegte sich so eng an mich, dass ihre Ohrenspitze in meiner Nase kitzelte.

Ich kuschelte sie fest. Ja, jetzt war alles irgendwie gut.

Eine Weile saßen wir so beisammen und lauschten den Ausführungen des Braunen. Er war wirklich sehr überzeugend. Da merkte man, wie wichtig eine gute philosophische Ausbildung war. Die Ratten hatten es sich um ihn herum gemütlich gemacht. Ihre kleinen Nasen bewegten sich unaufhörlich, als würden sie seine Worte einatmen. Ihre

Schnurrhaare zuckten wie ein im Gleisbett verfangenes Papierstück im Wind.

»Ich mag heim«, flüsterte Hase irgendwann, als der Braune vom Geburtsrecht über die Freiheit des Einzelnen und die Pflichten innerhalb einer Gesellschaft nun zu den Vor- und Nachteilen verschiedener Regierungsformen gekommen war.

Ich nickte und wartete eine kurze Atempause im Monolog ab:

»Brauner?«

»Mh?« Ich merkte, wie ungern er sich unterbrechen ließ.

»Wir sollten zurück ...«

»Ja ist gut. Geht mal ruhig. Ich habe hier noch zu tun.«

»Bist Du sicher?« Skeptisch schaute ich zu den Ratten und anschließend wieder zum Braunen. Bisher hatten sie sich vielleicht von unserer Übermacht einschüchtern lassen, aber den Braunen hier alleine zu lassen, das erschien mir nicht sonderlich klug.

»Ja, bin ich.« Der Braune wollte gerade seine Arme verschränken, als ihm auffiel, dass dies schwierig für ihn war, und so ließ er seinen Arm wieder sinken. »Die Jungs und Mädels hier brauchen ein wenig Unterricht in Philosophie und Debatte. Das kann ich gut.« Zu meinem Erstaunen nickten einige der Ratten begeistert. Und jetzt, wo der Braune mich so deutlich darauf hinwies: Tatsächlich bestand ein Großteil seiner Zuhörer aus weiblichen Ratten. Erstaunlich; ich hatte nie über so etwas nachgedacht. Vielleicht machte man es sich mit einem undifferenzierten Feindbild zu einfach.

»Also, wenn du dir sicher bist! Wenn du irgendwas brauchst ...«

»... melde ich mich!« Der Braune reichte mir seine Pfote und ich schlug ein.

»War mir eine Ehre!«

»Mir ebenso!« Seine beiden Orden glänzten auf seiner Brust wie Schutzschilde.

Wir erhoben uns und starrten unschlüssig in Richtung der dunklen Gänge. Eine der Ratten – die besonders magere, die in der Höhle das Wort ergriffen hatte – kam zu uns herüber.

»Bringe Euch!«

»Danke«, antwortete Hase und nahm mich bei der Pfote. Ich schaute zurück zu dem Braunen und hatte das Gefühl, dass er hier einen guten Platz gefunden hatte. Er stand mitten unter den Ratten und kämpfte mit der gleichen Inbrunst gegen Vorurteile und verstaubte Denkweisen an, wie er früher Leute aus dem Nachtclub geworfen hatte.

# KAPITEL ACHTUNDZWANZIG

*»Der Mann macht sich das Bild des Weibes,*
*und das Weib bildet sich nach diesem Bilde.«* (Nietzsche)

Candy und ihre Babes folgten der sehr guten Zeitplanung eines jeden Bösewichts. Ich konnte die ersten Lichter der Stadt bereits sehen, als sich uns zwei der Babes – ich glaube Tine und Palpa– in den Weg stellten.

»Regen!« Ironische Freude tropfte mir entgegen wie aus einer Honigdrücktube. »Was ein Lichtblick an diesem schönen Tag.«

Hase spürte instinktiv, dass etwas nicht stimmte, und klammerte sich an meinen Arm.

Hinter uns hörte ich die Stimme von, ich glaube, Tinker: »Wie praktisch, dass wir dir ein Stück entgegen gekommen sind. Nicht wahr?«

Ich wusste, welche Antwort sie erwarteten, aber jetzt, hier mit Hase, war ich nicht bereit, in den Staub zu kriechen.

»Wir haben uns nichts zu sagen.«

Ich versuchte, weiter zu gehen, aber die Babes versperrten uns mit ihren unverschämt langen Beinen den Weg.

»Regen, Regen, Regen …« Tinker klang so tadelnd wie eine Lehrerin mit einem Kind, das zum zehnten Mal seine

Hausaufgaben vergessen hatte. Sie wackelte sogar ermahnend mit ihrem kleinen Finger.

»Müssen wir erst wieder böse werden?« Bell sprang ihrer Schwester zur Hilfe.

»Regen? Wer sind die?«

Hase hatte sich aufgerichtet und betrachtete Bell und Tinker mit gerümpfter Nase.

»Wer wir sind, Schätzchen?«

»Ja, das wüsste ich gerne.« Hase verschränkte die Arme.

Ich erwartete nun etwas sehr klischeebehaftetes, wie ‚Dein schlimmster Alptraum' oder ‚Das wirst Du noch früh genug herausfinden' und hoffte, Hase würde zumindest eingeschüchtert tun.

»Ich bin Tinker, das ist Belle, da hinten sind Tine und Pulpa«, erklärte Tinker, die ich bisher für Bell gehalten hatte.

»Angenehm. Felicitas Cappuccino.« Hase nickte allen einmal zu.

»Ich würde jetzt wirklich gerne irgendwohin, wo es trocken ist um mein Fell auszulüften.«

»Ja, verstehe ich gut.« Tinker nickte mitfühlend und aus irgendeinem Grund suchte ich darin vergeblich nach Ironie. Sie fuhr sogar noch fort: »Es ist so wichtig, auf sein Fell beziehungsweise seine Haut zu achten. Die Langzeitschäden von zu trockener Haut sind im Alter wirklich katastrophal. Wir brauchen auch nur einen ganz kurzen Moment mit Regen hier. Unsere Chefin möchte ihn sprechen. Sie und Regen haben da einen Deal.«

Belle, die ich bisher für Tinker gehalten hatte, wandte sich wieder zu mir:

»Regen, Schätzchen. Lass uns also das Geschäft mal schnell zu Ende bringen. Du lieferst?«

Ich starrte Bell an. »Nein.«

»Candy will sich darüber mit dir unterhalten. Kommst Du mit, oder müssen wir dich mitnehmen?«

»Ich ... ähm ...« Pulpa, die ich für Tine gehalten hatte, klopfte demonstrativ auf das Sturmfeuerzeug an ihrer Seite. »Ich komme mit«, nickte ich ergeben. Verbranntes Fell hatten wir alle zur Genüge gehabt.

Belle wandte sich an meine Begleitung: »Felicitas, wir müssen uns noch kurz mit deinem Freund unterhalten. Ist es dir recht, wenn wir dich zu Glöckchen bringen? Eine ausgezeichnete Fellpflegerin. Sie kann sich das mit deinem Fell mal ansehen und danach fühlst du dich wie neugeboren.«

»Nein, das ist bestimmt eine Falle!«, entfuhr es mir. Palpalachte: »Regen, wir halten unser Wort.« Wieder klopfte sie vielversprechend auf das Sturmfeuerzeug. Hase schaute mir für einen Moment tief in die Augen. Ich spürte einen Schwarm Schmetterlinge, der sich dort wohlig ausbreitete.

»Ich komme mit Regen mit, danach gerne zu dieser Glöckchen, wenn es recht ist?«

»Sicher.« Bell – oder Tinker – nickte. Ich kam ganz durcheinander. Sie sahen einfach viel zu gleich aus.

»Regen, schau mal, die Kleine hat mehr Mut als Du. Beschämt Dich das nicht irgendwie?«

Ich kannte dieses Spiel, aber ich wollte mir in der Nähe von Felicitas wirklich nicht die Blöße geben und für die Vier den unterwürfigen Bären mimen. Tatsächlich beschämte es mich schon irgendwie. Wobei Felicitas ja einfach nicht wusste, was sie – beziehungsweise mich – dort erwartete. Also tat ich so, als hätte ich es überhört, und die Babes hackten unerwarteter Weise nicht weiter darauf herum, wie sie es sonst taten. Normalerweise waren sie Aasgeier, die nicht eher aufhörten zu picken, bis das Opfer nur noch blanke Knochen besaß. Danach fraßen sie sogar noch die blutgetränkte Erde. Hase drückte meine Pfote und der Schmetterlingsschwarm flog seine nächste Runde.

Also ließen wir uns von den Babes in Richtung Candy eskortieren – respektive abführen. Der genaue Wortlaut des Deals fiel mir wieder ein. ‚Besorgt das Plüsch, liefert es ihr und ihr bekommt sechs Stangen Zigs'. Ich nahm mir fest vor, diese Frau nicht herzugeben. Ich würde um sie kämpfen, und wenn ich es dafür mit Candy und all ihren Babes gleichzeitig würde aufnehmen müssen.

Die Babes hatten uns bisher äußerst höflich und zuvorkommend behandelt. Ich war noch immer ganz erstaunt darüber. Auch als wir in der Gasse vor Candys Domizil angekommen und eingetreten waren. Als wir hinter den Vorhang geschickt wurden, kam ich nicht umhin, Felicitas dabei zu beobachten, wie sie diese Farbexplosion erfasste. Tatsächlich hellte sich ihr Blick sogar auf, als sie die quietschbunten Teppiche, die wahnsinnig grellen Tapeten und Stoffbezüge sah.

»Oh, ist das schön hier! So unglaublich bunt!«, entfuhr es ihr, und ich glaubte ihr jedes Wort, als hätte sie dabei auf das gemütliche Manifest geschworen. Auch Candy, die wie immer ausgestreckt auf ihrem Divan lag, dem Zeichen altrömischer Dekadenz, stellte ihre Ohren aufmerksam auf.

»Danke Liebes, das fällt nicht vielen auf.« Tatsächlich setzte sich Candy nun ein wenig mehr auf und ihre zwei großen Perlenketten klimperten dabei aneinander wie ein Newtonpendel.

»Doch, wirklich!« Die Dame an meiner Seite lachte tatsächlich, während sie sich mit großen Augen umsah. Vielleicht hatte die Gefangenschaft bei den Ratten sie in den Wahnsinn getrieben.

Candy deutete ihr, sich auf einen Sessel zu setzten. Belle, Tinker, Palpaoder Tine kam herein und füllte drei Gläser mit Gin.

»Danke Tinker!«, sagte Felicitas, als sie das Glas in ihrer Pfote hielt. Wie um alles in der Welt gelang es Hase, die Vier auseinanderzuhalten? Sie sahen alle gleich aus; wie diese unbefellten Frauen in den Magazinen, die alle von einem Doktor mit mehr oder weniger unnötigen Attributen ausgestattet worden waren.

»Also, Regen«, Candy wandte mir ihre geballte und furchteinflößende Aufmerksamkeit zu. »Da ist Dir und deinen Freunden ja ein ganz schöner Clou gelungen. Ich bin sehr zufrieden. Die Wetten fielen ausgesprochen gut für mich aus. Ich hätte nicht gedacht, dass Du zurück zum Varieté gehst, aber ein durchaus gelungener Schachzug. Das Feuerwerk war einmalig! Ein großartiger Anblick. Meine Kunden waren begeistert und lassen Dir dafür ihre Glückwünsche ausrichten. Eine einmalige Show habt ihr geliefert. Ich bin froh darüber, dass wir dich für diese Sache gewinnen konnten.« Candy nippte an ihrem Gin, während mir einfach die Sprache nicht wieder zurückkommen wollte.

»Regen, wo ist eigentlich der Braune? Ich hätte ihm ebenfalls sehr gerne zu dieser Show gratulieren wollen.«

»Was?«

»Das heißt ‚Wie bitte', Schätzchen«, mischte sich Tinker ein.

»Ach, sei nicht so streng mit ihm, Honeytinker. Er sehnt sich sicherlich nach einem Schaumbad.«

Candys geballte Aufmerksamkeit verschob sich zu Fräulein Cappuccino, so als würde man herabfließende Lava umleiten:

»Wie unaufmerksam von mir, Liebes! Hier, geh‘ gerade mit Tinker mit, sie hilft Dir, Dein Fell zu richten und Dich besser zu fühlen!«

Hase drehte sich unschlüssig hin und her. Sie war genauso verwirrt wie ich. Candy intervenierte:

»Nun geh‘ schon Schätzchen, du kannst Deinen Helden gleich wieder haben.« Sie zwinkerte ihr zu, als hätte sie gerade einen Witz gerissen, den nur Frauen verstehen konnten. Zu meinem Entsetzen stand Felicitas auf, lächelte, nickte und verließ mit Tinker den Raum, ohne sich noch einmal zu mir umzublicken. Anscheinend gab es da doch diese gefürchtete nonverbale Kommunikation unter Frauen, bei der Plüschs wie ich einfach außen vor waren.

# KAPITEL NEUNUNDZWANZIG

*»Mitunter reicht schon eine stärkere Brille, um den Verliebten zu heilen.«*
(Nietzsche)

Der Vorhang fiel hinter Hase wieder zurück auf den Boden. Das Klackern der bunten Perlen klang wie herabfallende Steine.

»So, mein lieber Regen«, eine Schicht antarktisches Eis überzog Candys Stimme, »was machen wir zwei jetzt? Mh, ... ? Der Deal war, dass Du mir die Frau bringst, Du Deine Zigs bekommst und verschwindest. Also? Haben wir einen Deal?«

Jetzt war ich in die Bärenfalle getreten. Das garstige, rostige Metall hatte sich um meinen flauschig-felligen Fuß gedrückt und bohrte sich in mein Futter hinein. Ging ich nicht auf den Deal ein, endete ich vielleicht wie Theobald. Das Bild des schlaffen Fells, das langsam hin und her schwankte, .... Mein letztes Ticket zu lösen, half Hase – Felicitas – auch nicht weiter. Sie würde dann ja trotzdem alleine hier sein.

»C ... Candy ...«, stammelte ich.

»Ja, Regen?«

»Der Deal geht so nicht.«

»Wie bitte?« Aus ihren Augen schossen, nicht nur im literarischen Sinne, Blitze auf mich zu.

»Ich kann dir Hase nicht geben.«

»Ach und warum nicht, Schätzchen?« Ihre Stimme triefte vor Frühlingshonig.

»Weil ... weil ...« Ich verstummte und überlegte, ob ich eine Ansage machen sollte, entschied mich aber wegen der geringen Anzahl an Zuhörern dagegen.

»Ja?« Candy verließ ihren Diwan. Ihre Hinterpfoten berührten den weichen Teppich. Ein, zwei Schritte und sie war bei mir. Über mir, um genau zu sein.

»Ja, ich kann sie dir nicht geben.«

»Warum nicht.«

»Deswegen!«

Sie stützte ihre Vorderbeine auf die Lehnen meines Sessels ab und ragte über mir auf, obwohl sie eigentlich nicht viel größer war als ich.

»Regen, Schätzchen«, sie blickte auf mich herab, »‚deswegen‘, ist keine Antwort, die ich gelten lassen werde.«

Ich schluckte und wand mich unter ihr auf dem Polster unangenehm hin und her, als würde ich so verhindern können, dass der kalte Honig ihrer Worte auf mich tropfte.

»Ich mag sie«, platzte es schließlich aus mir heraus.

»Du *magst* sie?« Candy betonte das Verb auf eine ziemlich unanständige Weise, als würde sie es zwischen die Seiten einer Geige spannen und dann mit dem Bogen darüber streichen. Es fehlte nur noch das euphorische Lachen einer Filmhexe, um mich auf der Stelle um den Verstand zu bringen. Ihr Parfüm reichte ja schon dafür aus, dass mir ganz schummrig wurde.

»Ja.« Ich verschränkte meine Arme: »Sehr sogar.«

»Wie sehr?« Candys Mundwinkel zuckten. Gleich würde sie voller Arroganz loslachen und es war um mich geschehen.

»Sehr, sehr.«

»Regen!«

»Ziemlich sehr.«

»Regen!«

Ich starrte sie an. Sie starrte zurück.

»So sehr, dass du für immer auf deine Zigs und Deinen Abotraum verzichten möchtest?«

Das waren die gefürchteten Worte. Es konnte nicht schlimmer kommen. Doch Candy schmierte auch noch Erdnussbutter auf die Schokolade meines Schicksalbrotes.

»So sehr, dass du unseren Deal platzen lässt? Ich werde Dir nie wieder eine Zig geben, nicht mal den dreckigen Rest einer Zig. Ich werde dich von meinen Babes verprügeln lassen, wenn du es wagen solltest, wieder zu kommen.«

Hätte ich meine Arme nicht schon verschränkt, jetzt hätte ich es getan. Nochmal. Ich konnte überhaupt nicht denken. Mir fiel kein Zitat der großen Alten ein. Ich war völlig auf mich allein gestellt, meine Kumpel weit weg und vielleicht sogar tot. Was blieb mir da noch, als auf mein Herz zu hören?

Und bevor sich jetzt alle in einem romantischen ‚Ohhhh‘ verlieren: Mein Herz ist ein lebenswichtiges Ding. Es schlägt in verschiedenen Abständen. Es redet nicht. Auch jetzt nicht. Gerade war es damit beschäftigt, irgendwelche Hormone durch mein Fell zu jagen, damit ich nicht wimmernd in der Ecke lag vor Angst. Kurzum: Ich war allein.

Ich dachte an Felicitas und ihre lieben Augen und daran, dass es vollkommen unmoralisch war, was ich tat. Ich konnte einfach niemanden opfern. Das stand mir gar nicht zu. Sie war nicht Teil dieser Entscheidung. Aber was, wenn sie mich verließ? Dann stand ich alleine da, ohne sie und ohne meine Zigs. Ohne meine Träume. Ohne mein Haus am Honigsee und ohne die regenbogenfarbenen Sonnenuntergänge. Ich dachte an die einsamen Stunden um die kleine Feuertonne mit meinen zwei Leidensgenossen. An die endlosen, zähen Diskussionen über die Schlechtigkeit der Plüschheit, des Lebens und der Allgemeinheit. Mir fielen die, ehrlich gesagt, ziemlich deprimierenden Diskurse über die Vorteile der Einsamkeit ein, die wir geführt hatten, um uns besser zu fühlen als die Plüschs, die wir verlassen hatten. Wie wir uns über die Dummheit der anderen ereifert hatten, wo wir eigentlich nur in den Arm wollten.

»Regen?«

Ich will in den Arm, dachte ich. Jetzt sofort. Ich will ein Plüsch sein, der gemocht wird, wie früher und nicht verachtet, weil ich jemanden an die Drogendealer verkauft habe.

»Ja, der Deal ist geplatzt. Ich mag Hase und ich hoffe, sie mag mich auch.«

Ich ärgerte mich, dass ich den letzten Teil ebenfalls laut ausgesprochen hatte. Zu meiner Verwirrung lächelte Candy und nahm ihre beiden Pfoten von den Lehnen meines Sessels herunter.

»Also gut Regen. Dann verschwindest du besser jetzt mit deiner Freundin, ehe du es dir noch anders überlegst. Ich will dich hier nicht mehr sehen. Die Babes bekommen Anweisung, dich zu verprügeln, wenn du es doch wagen solltest. Wenn ich höre, dass Du gemein zu ihr bist und wieder in deinem Selbstmitleid versumpfst, komme ich persönlich zu dir.

Ihre Pfoten machten kein Geräusch auf dem Teppich, als sie zurück zu ihrem Diwan ging. Mit einer fließenden Bewegung legte sie sich hin und winkte mich mit der Pfote hinaus.

»Wenn Du Bell siehst, kannst Du dich bei ihr für die Ablenkung mit dem Fotoblitz in den Gängen bedanken. Und dafür, dass sie die neun Ratten für Euch erledigt hat, ihr Helden. Habt vor lauter Angst nicht Mal mitbekommen, was um Euch herum passiert ist.«

Perplex drehte ich mich im Türrahmen noch einmal um. Langsam setzten sich in meinem begriffsstutzigen Kopf einzelne Aussagen von Candy zusammen. Ich wusste, dass sie Wetten für die High Society hier unten abhielt. Nicht für die Plüschs im Varieté, sondern für die richtig großen Namen hier unten. Gerda, die Elefantendame, eine Koryphäe in Sachen Schmuggel, oder Piere, die Robbe, der sich auf den Handel mit Schokolade aus Automaten spezialisiert hatte, oder Frank, der alte Teddy, der hier unten eigentlich immer in zweiter oder dritter Hand seine Pfote im Spiel hatte. Bisher hatte ich gedacht, sie wollten Felicitas für irgendeine Jagd haben. Dass ich aber der Jäger gewesen war, und sie bereits die Beute, bedeutete im Umkehrschluss, dass die Entführung vielleicht doch kein Zufall gewesen war, sondern ein abgekartetes Spiel. Ich ballte meine Fäuste. Sollte ich umdrehen und sie verprügeln? Wollte ich meine gerade gewonnene Freiheit aufgeben? Mich gegen den Geldaldel der Plüschgesellschaft auflehnen?

Genau in diesem Moment kam mein Fräulein Cappuccino aus dem rechten Nebenzimmer heraus. Sie hatte abgebürstetes Fell und duftete nach blumigem Parfüm. Ihre Augen strahlten, als sie mich sah. Ich schluckte den Ärger

herunter, als der Schwarm Schmetterlinge sich wieder zu einem Kreisflug erhob. Ich schwor mir, Candy im Auge zu behalten und erst einmal die Pfoten stillzuhalten. Revolutionen sollten mit Worten und Gedanken beginnen und nicht mit einem Fausthieb.

# KAPITEL DREISSIG

*»Gegen die Männer-Krankheit, die Selbstverachtung, hilft es am sichersten, von einem klugen Weibe geliebt zu werden.«* (Nietzsche)

Die Tür fiel ins Schloss. Eines der Babes, nicht Tinker vermutlich, deutete mit einer Zig in Richtung der Varietés und der Stadt.

»Da geht es lang.«

Es war keine Bitte, sondern eine Aufforderung mit dem Prädikat ‚dringlich und nachdrücklich'. Also nahm ich Felicitas bei der Pfote und verließ mit ihr den Ort des Schicksals. Eines Tages würde ich zurückkehren und dann hier aufräumen. Aber dieser Tag war nicht heute.

Hase roch so unglaublich bezaubernd. Ich hätte sie am liebsten sofort geküsst, aber ich wagte nicht, unsere Beziehung durch zu stürmisches Vorgehen ... Ich dachte an die Lady aus dem Eis und daran, dass ich den Moment so was von verpasst hatte, wie man nur eine letzte U-Bahn verpassen konnte. Also drehte ich mich um, sah Felicitas in die bezaubernden Augen, nahm sie bei beiden Pfoten ... und küsste sie sanft auf die Stirn. Ihre kleinen Ohren stellten sich auf, sie lehnte sich an mich. Pfote in Pfote wanderten wir zurück zur Stadt. Ich wusste vor lauter Gefühlen gar nichts zu sagen.

»Ich bewundere den Braunen, dass er einfach dort geblieben ist. Wie tapfer von ihm.«

Ich brummte nur zustimmend. In der Tat war ich mir gar nicht so sicher, ob es nicht sogar unglaublich dumm gewesen war. Es gab genug Geschichten von Missionaren, die zu irgendwelchen Ureinwohnern gefahren waren und dort dann nach einer Weile von den enttäuschten Leuten, oder weil die Stimmung irgendwie gekippt war, plötzlich umgebracht wurden. Aber schließlich war der Braune Philosoph, und damit der Wahrheit verpflichtet und kein Missionar.

»Und ich muss unbedingt den anderen danken, dass sie mitgekommen sind. Oh, ich freue mich so, alle kennen zu lernen.«

Ich brummte wieder. Anscheinend schien Felicitas das als Antwort vorerst zu genügen.

»Wo ist eigentlich Panther? Ich hoffe, er kuriert seinen Husten aus?«

Ich blieb wie von der U-Bahn getroffen stehen. Panther! Ich hatte den Gedanken an ihn verdrängt.

»Was ist denn?«

»Ich ... ich weiß nicht, wo er ist«, stammelte ich. »Er hatte eine Gruppe abgelenkt, damit wir zu dir ...« Mein Regenbogenfell verlor ziemlich an Farbe.

»Wo könnte er denn sein?« Ihre großen Augen, die mich an Ferngläser zur Milchstraße erinnerten, schauten mich an.

Ich grübelte. Es gab drei Möglichkeiten. Abstellgleis, Doktor Beutel oder er lag irgendwo zerfetzt zwischen den Schienen. Letzteres wagte ich nur ganz vorsichtig zu denken.

»Wir schauen zuerst bei Doktor Beutel.«

Sie nickte, ergriff wieder meine Pfote und eilte mit mir los. Nach einer Weile ging ich ein wenig vorweg, da sie den

Weg gar nicht kannte. Recht schnell kamen wir in der Stadt an. Es war wohl früher Morgen, also war relativ wenig los auf den Straßen, da alle von den Feiern der letzten Nacht noch schliefen. Es hing ein wenig Nebel über allem, was der sonst so bunten Stadt etwas an Farbe nahm.

Dann standen wir vor der Klinik von Doktor Beutel. Wir stürmten durch die Tür und hielten dann eingeschüchtert inne. Alles war so ruhig. Es lag eine heilige und tiefe Schwere in der Luft. Der Geruch von Fadenjod und Desinfektionsmitteln hing in der Luft – und noch etwas anderes.

Eine Schwester, ein kleines Eichhörnchen mit einer adretten Brille, schaute hinter ihrem Tresen hervor. Sie öffnete den Mund, als sie uns sah, schloss ihn wieder und zeigte dann in Richtung des Vorhangs. Auf Pfotenspitzen traten wir ein. Panther. Sein Körper war von einer Decke eingehüllt, Moos wucherte über seinen Kopf und verdeckte fast ein Auge. Doktor Beutel stand an seiner Seite und Eve lehnte an ihm. Ihr Fell war ganz nass geweint. Unser alter Freund atmete kaum noch. Wir stellten uns zu ihr und Felicitas legte sogleich ihre Arme um die kleine Eve.

Plötzlich öffnete Panther die Augen, als hätte er die ganze Zeit auf uns gewartet: »Regen, ...« krächzte er. »Manchmal steht eine U-Bahn einfach auf den Gleisen. Sie wartet und wartet und hofft, endlich weiter fahren zu können.« Wir rückten schnell näher, denn Panthers Stimme war nur mehr ein Flüstern: »Alles in der Bahn zehrt sich danach, weiter zu ziehen. Es ist warm und unangenehm. Die dunklen Tunnel sind plötzlich wie eine Falle und nicht mehr wie eine Möglichkeit, schnell voranzukommen.« Felicitas und ich nahmen seine Pfote und drückten sie. »Die Bahn wünscht sie nichts sehnlicher, als endlich weiter fahren zu können. In eine Station mit Licht und frischer Luft, mit hohen Decken. Sie möchte ihre Türen öffnen und die Freiheit spüren.« Ich schluckte schwer. Natürlich verstand ich, was Panther da sagen wollte. Panthers Gleichnisse über den Lauf der U-Bahn waren unter uns häufig Grundlage endloser Debatten geworden. Wieder hustete er. Ich versteckte meine Tränen nicht, als ich sah, dass die Füllwatte, die er dabei ausspuckte, dunkelrot war. »Eine solche Bahn aufzuhalten und das Signal nicht grün werden zu lassen, macht sie zur unglücklichsten Bahn aller Tunnel.« Ich nickte nur stumm und drückte meine Pfote auf seine Schulter.

»Hab eine gute Fahrt, alter Freund ...« Mir versagte die Stimme. Ein weiterer Husten packte ihn. Wir sahen uns an. Er würde dieses Mal verlieren. Es war so klar, wie dass der erste Zug jeden Morgen auch irgendwann der letzte Zug sein würde. Eve weinte hemmungslos. Auch Felicitas und mir kullerten nun die Tränen das Fell hinab. Als Panther aufhörte, unterließ er es, noch einmal Luft zu holen. Er hatte sein letztes Ticket gelöst.

»Warum denn jetzt?«, schluchzte Eve. Sie packte Panther bei der Pfote und schüttelte sie. Doktor Beutel war es schließlich, der sie sanft von ihm fortzog.

»Er hat das letzte Ticket gezogen, Eve. Er ist jetzt an einem anderen Ort. Schau, wie zufrieden er aussieht.«

»Wer von Freunden umgeben ins Licht fährt, der ist ein glücklicher Mann«, flüsterte ich. Es war mir egal, ob ich das Zitat richtig gekennzeichnet hatte oder nicht. Ich war mir nicht einmal sicher, ob ich dafür eine Quelle angeben konnte. Hase drückte meine Pfote und flüsterte zurück: »Das hast Du schön gesagt.«

# KAPITEL EINUNDDREISSIG

*»Die Hoffnung ist der Regenbogen über den herabstürzenden jähen Bach des Lebens.«* (Nietzsche)

»Einmal bitte«. Der junge Pinguin flatterte vor Aufregung mit seinen kleinen Flügeln und trat auf der Stelle auf und ab.

»Welche Farbe denn?« Ich deutete auf die Tafel mit der Auswahl. Es fing bei Erdbeerrot an, ging über zu Sonnengelb, dann zu Waldmeistergrün, Blaubeerrot und schließlich zu Fliederviolett. Wobei ich gerade über Letzteres mit Felicitas, die ich noch immer heimlich ‚Hase' nannte, ein wenig gestritten hatte. Flieder war anscheinend auch eine Farbe. Aber es war schließlich mein Traum und sie half hier nur aus, während sie sich nebenan eine eigene kleine Bar mit Miniküchlein aufbaute.

»Sonnengelb, bitte«, lachte der kleine Kerl.

»Kommt sofort«. Die Dame meiner Träume stand direkt hinter mir und schüttete den Zucker in die Zentrifuge. Während die Trommel sich drehte, bildeten sich gelbe Nebelfäden aus. Also griff ich in den Becher mit den Eisstielen. Ich hielt inne, als ich die Buchstaben sah, die die Lady darauf geschrieben hatte: ‚Lebe deinen Traum.' Kurz zögerte ich, ob ich einen anderen aus dem Becher nehmen sollte, aber dann hielt ich den Eisstiel entschlossen in die sonnengelben Strahlen und drehte ihn so, dass sich eine immer größer werdende Wolke aus zuckerweicher Watte darum aufbaute. Ich reichte sie über den Tresen. »Die hier geht aufs Haus.« Der Pinguin griff danach, bedankte sich mit einem Lächeln und ging.

Ich zog Hase in eine Umarmung und drückte meine Nase auf ihren Hinterkopf. Als ihr Geruch mich durchströmte, wusste ich, dass mein innerer Regenbogen neben zufriedenem und glücklichem Honiggelb, dem Rot von zuckerglasierten Äpfeln auch aus dem saftigen Grün gelebter Träume bestand.

<<<< FIN >>>>

# DANKSAGUNG

Um dieses Buch von meinem ersten Gedanken in Deine Hände zu bringen, brauchte es viele Menschen. Alex Jahnke, zum Beispiel, der mich motiviert, unterstützt, gestupst und durch jedes Tief gebracht hat: einen besseren Schreibbuddy kann ich mir nicht wünschen!

Meine Testleserinnen und Testleser: Damiri, Désirée, Christina, Sarah, Steffi und Stefan; die wunderbare Johanna, die dieses Buch illustriert hat! Und zu guter Letzt all diejenigen, die es möglich gemacht haben, dass ich dieses Buch vollenden konnte. Danke!

# DIE AUTORIN

‚Schräg?‘ Kann ich! Ob das die frühkindlichen Abenteuer H-Mans im Bärenkönigreich, die Abenteuer der Gronsch mit Helga der roten Tomate, der Pudding mit Identitätskrise, eine Raumschiffcrew in einem genmanipulierten Gemüse oder eben Plüschtiere in einem U-Bahn Schacht sind: schräg? Kann Frau Haritz! Geprägt durch Terry Prattchet, Douglas Adams, die Gummibärenbande und eine kreativ-verrückte Fantasie entstanden nach und nach immer mehr eigene Ideen, die zu Papier gebracht werden mussten. Beeinflusst außerdem durch ein umfassendes Linguistikstudium, konnte ihr Lebensmotto nur lauten: Augenblicke ohne Worte sind wie Kuchen ohne Schokolade.